MASASHI FUJITA
THE ORANGE TOWN STORIES

サムシング オレンジ

3

SOMETHING ORANGE
COMPLETE EDITION

祝祭の 2022

藤田雅史

SOMETHING ORANGE 3

THE ORANGE TOWN STORIES
SOMETHING ORANGE
COMPLETE EDITION 3：祝祭の 2022

決定力不足

2022.2.20

LACK OF SCORING ABILITY

The 1st section of the J. League Division 2
Vegalta Sendai 0-0 Albirex Niigata

二〇二一年の夏、十八歳になった高校三年生の優斗は、夏休みを利用して自動車教習所に通い、運転免許を取得した。

優斗の住む家は新潟市の西区の外れにあり、バイパスのインターに近いため、車の運転ができると何かと便利だった。

というか家のまわりは田んぼしかないので、むしろ車の運転ができないと何もできない。街へ出て遊ぶにも、翌年の春から専門学校に通うにも、膝の悪い祖母をデイサービスや整形外科や近所のスーパーに連れて行ってやり、仕事で忙しい母の負担を減らすためにも（そのために教習所の費用を親に出してもらったのだ）、できるだけ早く車を運転できるようになる必要があった。

優斗は小学校の六年間、地域のサッカースクールに通っていた。地元のクラブであるアルビレックス新潟に憧れ、将来オレンジのユニフォームを着ることを夢見た時期もあった。サッカーをプレーするのは中学に上がるときにやめてしまったけれど、アルビのことはそれからもずっと好きだった。

専門学校に入学したら親に中古車を買ってもらう約束をとりつけていたので、免許さえあれば来シーズンからは親の車に頼らなくてもビッグスワンに通い放題になる。優斗はそれを大いに楽しみにしていた。

ただ、そのことは教室では黙っていた。なんだろう、アルビが好き、なんて口にしたら女の子にモテないような気がした。

「いいよね、もう進路が決まってる人はひまそうで」

大学受験を控える（それもかなり偏差値の高い東京の大学を受験する）同じクラスの里桜は、よく優斗の席にやってきてはちょっかいを出してくる。

毎日自習室にこもって遅くまで勉強をしている彼女にしてみれば、高三の秋の時点で専門学校の推薦入学が内定している優斗は許しがたいほどの自由人だ。

「里桜は受験勉強、どんな感じ？」

「めっちゃきついよ。こないだも模試の判定Dだったし」

「休みの日も勉強してんの？」

「当たり前でしょ。優斗は何してんの？」

「俺？　俺は最近めっちゃひまだから、親の車借りて近所で運転の練習してる。すげー楽しいよ。こないだ農道で百キロ出して――」

「なんかムカつく。ハンドル切り損ねて田んぼに落ちろ」

「うわ、ひっど」

優斗は里桜のことが好きだった。里桜とそんなふうに笑い合う時間は、優斗にとって残り少ない高校生活での唯一の楽しみだった。いつか自分の車の助手席に里桜を乗せて、ふたりでドライブをしたい。教習所に通いはじめたときから、ずっとそう思っていた。


「そんなに根詰めて勉強して大丈夫？　気分転換に俺の車乗せてやろうか？」

ある日の休み時間、優斗は思いきって里桜に声をかけた。

「は？」

「俺の車っていっても、まあ、親の車だけど」

「ドライブしようってこと？」

「ドライブっつーか、まあ、うん」

「いやー、私、これでも自分の命を大切にしてるんで。受験前だし」

あっさり断られ、「ですよね……」と優斗が素直に引き下がると、

「あ、でも」

里桜は少しためらって言い直した。

「やっぱ、リフレッシュも大事かもね」

「大事っしょ」

「絶対に事故らないでくれる?」

「大丈夫。どこ行く?」

「どこでもいい。優斗が行きたいとこに連れてってよ」

これで意外と根が真面目にできている優斗は、里桜の言葉を真に受けて——そのリクエストは本当は、海辺とか紅葉とか山登りとか、そういう定番のドライブコースのつもりだったのだが——、自分が彼女を連れて行きたい場所はどこだろうと真剣に考えた。

真っ先に思い浮かんだのが、ビッグスワンだった。

十一月の祝日の磐田戦。それは、シーズン残り六試合でいよいよＪ１昇格が厳しくなったアルビの、最後の最後の可能性をつなぐ試合でもあった。

「は？　ビッグスワン？」

「これ、まじで熱いから」

「ちょっと気分転換したいだけだから、熱い必要はないんだけど……。てか私、サッカーの試合生で見るの、生まれてはじめてかも」

優斗にとっても、ドライブデートなんてはじめての経験だった。

当日、時間に余裕をもって家を出たら約束より一時間も早く彼女の家に着いてしまい、近所を走っているうちに道に迷って約束に遅れた。彼女の家を出るとき、ウインカーを出そうとしてワイパーを動かし、いきなり彼女を戦慄させた。緊張のあまり、運転中はずっとハンドルを握る手が汗ばんでいた。ドライブを楽しむ余裕なんてなかった。

それでも、ちゃんとキックオフ前にはビッグスワンに無事に到着できた。駐車場でのバックもなんとか真っ直ぐスムーズにできた。

ただ、肝心の試合は負けた。アルビは一点も取れず0対1で磐田に屈し、ついにJ1昇格の最後の望みは絶たれた。

「ゴールシーン見たかったのにな」

里桜は試合に負けたことよりも、アルビのゴールを見られなかったことを残念がった。サッカー観戦の初心者に試合を楽しんでもらうには、やはり、応援するチームのゴールは欠かせない。

「ったくさあ、チャンスはあるけど決めきれないんだよ。オリンピックで中断したあたりからずっと決定力不足でさ。どんなにボール持っててもシュートを打たなきゃゴールは決まらないっつーのに」

「でも、負けちゃったけど、思ったより面白かったよ」

「ほんと?」

「久しぶりに受験のこと忘れられた」

「まあ、それならよかった」

ビッグスワンに入場するまで、優斗は、里桜と寄り添ってシートに座る場面を思い描いていた。ところが実際は新型コロナの感染予防のために座席ひとつ分を空けて着席しなければならず、ふたりのその微妙な間隔がひどくはがゆかった。

試合中、もしいい雰囲気になったら告白しようと考えていたのに、とてもそんな距離感ではなく、試合前やハーフタイムの会話も、クラスメイトの噂話とかよく行くカフェの話とか、好きなお菓子とかスマホのアプリとか、そんなどうでもいい話題に終始してしまった。

それでも優斗は、卒業までには里桜にちゃんと自分の気持ちを伝えたいと思った。そのうちまたチャンスはやってくる、それを待とう、と。

里桜に彼氏ができたらしい、という噂を耳にしたのは、年が明け、いよいよ本格的な受験シーズンがやってきた頃のことだった。

相手は同じ予備校に通う別の高校の生徒で、里桜がその男から予備校の駐輪場で告白されるところをクラスの誰かが目撃したという。

優斗は先を越されてしまった。いくら後悔してももう遅かった。

*

二月の日曜日、優斗はあてどなく車を走らせていた。

年末に中古の軽自動車を親に買ってもらってから、優斗はほぼ毎日、家の近所を運転している。好きな音楽を聴きながら、調子のいいときはバイパスに乗って聖籠や新発田まで足をのばすこともある。

最近はすっかり運転に慣れ、ハンドルを握りながら考えごとをする余裕も出てきた。といっても頭の中に浮かぶのはいつも里桜のことばかりである。

一緒にビッグスワンに行ったとき、助手席には彼女が座っていた。清潔な白いシャツに秋色のベストを合わせた彼女の私服姿はまぶしかった。シトラス系のシャンプーのいい匂いがした。あのとき、どうしてひとこと、好きと言えなかったんだろう。今ならきっと言えるのに。

その日がアルビの今シーズンの開幕戦の日だと優斗が気づいたのは、ひまつぶしに何気なく行きつけのカフェに立ち寄り、窓際のソファ席でコーヒーをひとくち口に含んだときだった。

あれ? 今日ってもしかしてアウェイのベガルタ戦じゃん?

里桜のことで頭がいっぱいで、大事なことをうっかり忘れていた。

慌ててDAZNのアプリを立ち上げると、ぎりぎりセーフ、ちょうど試合がはじまったところだった。スコアはまだ動いていない。優斗はいつも持ち歩いているイヤホンをスマホにつないで試合の行方を見守った。

「あ、優斗」

背後から声をかけられたのは、新加入のイッペイ・シノヅカが相手陣内でドリブルをはじめたときだった。

振り向くと、横にマグカップを手にした里桜が立っていた。

「何してんの」

「里桜こそ、こんなとこで何してんの」

「私はなんとなくひまつぶし。ねえ、お店混んでるから隣に座ってもいい？」

「もちろん。あ、そうだ、合格おめでと。よかったね、第一志望で」

「ありがと。めっちゃホッとしたよ。なんか受験終わったら気が抜けちゃって、最近ずっとだらだらしてる。あ、それ、アルビ？」

「あ、うん、今日が開幕」

「私も一緒に見ていい？」

優斗がイヤホンの片方を渡すと、ワイヤレスじゃないんだ、と笑ってから、里桜はそれを自分の耳に押しこんだ。コードが短いので、自然と肩を近づけ寄り添う距離になる。優斗は頬のあたりがじんわり熱くなった。

「勝ってる?」

「いや、まだ点入ってない」

「そっか。今日はゴール決まるといいな」

「うん、……里桜、最近どう?」

「ん、どうって別に。優斗はどう?」

「俺も、別に。いつも通り」

「もうすぐ卒業式だね」

「だね」

「早いね、高校もう終わっちゃうんだよ」

「東京、いつ行くの?」

「うーん、三月の終わりくらいかな。まだ決めてない」

ふたりはそれからしばらく、スマホの小さな画面に見入った。いろいろと話し

たいことも聞きたいこともあるはずなのに、優斗は彼女にうまく話しかけること
ができなかった。本当のことを知るのが怖かった。

アルビは何度か得点のチャンスを作ったものの、最後まで決めきることができ
ず、スコアレスドローで今シーズンの最初の試合を終えた。

耳から外したイヤホンを優斗に返して里桜が言う。

「またゴール見れなかったよ」

「だね」

「こういうの、専門用語でなんて言うんだっけ?」

「専門用語? ああ、決定力不足とかそういうこと?」

「そう、それそれ」

「……アルビと一緒で、俺の人生も決定力不足だよ」

「は?」

「いや、なんでもない」

「……だったら私も決定力不足かも」

「何言ってんの、ちゃんと大学受かったじゃん。すごいよ。得点王だよ」

「あはは、何それ」

それからクラスの友達の進路や近況について少し話をして、

「じゃあ、次に優斗に会えるのは卒業式かな」

そう言って里桜は席を立った。

最後まで、里桜は彼氏の話をしなかった。優斗もまた、聞きたかったけれど聞けなかった。噂になってる男って、どこの高校のやつなの？ そいつと本当に付き合ってんの？ そいつもやっぱり東京に行くの？

「俺、車だからよかったら送ろうか？」

「ううん、大丈夫。私は自転車で来ちゃったから」

「そっか。じゃあ、また卒業式で」

「うん、じゃあまた」

里桜は腰のあたりで片手をさりげなく振ってから、

「やっとここで優斗に会えたよ」

と小さく口を動かし、くるりと背を向け、店を出ていった。

優斗はカップの底の冷めたコーヒーを飲み干し、駐輪スペースで自転車の鍵を外す里桜の姿をガラス越しに眺めながら、彼女が最後に口にした言葉の意味を考えた。

——やっとここで会えたよ。

決定力不足と片想いは、どちらが深刻だろう。

もしかしたら、それはどちらも同じひとつの勇気で解決できるかもしれない。

そう、シュートは打たなきゃ入らない。

優斗は急いでテーブルの上を片付け、彼女を追いかけた。

願掛け

2022.3.19

MAKE A WISH

The 5th section of the J. League Division 2
Albirex Niigata 2 - 0 Ventforet Kofu

「俺、今年はアルビ見るのやめる」

ちょうど一年前、高校三年に上がる息子のカズキが、突然、アルビ断ちを宣言した。どうやら大学受験の願掛けということらしい。

目指す国立大学はかなり倍率の高い難関校で、そのくらいの覚悟を決めなければ合格できない。だから今年は大好きなサッカー観戦をあきらめ、受験勉強に集中する。その決意表明だった。

「悪いけど父さん、今シーズンはひとりで見に行ってよ」

カズキとは、彼がまだ六歳のときから一緒にビッグスワンに通っている。

小学校に入ってサッカーをはじめた息子の応援をしているうち、気づけば俺までアルビのサポーターになっていた。ホームの試合があるたびにオレンジのタオルマフラーを首からさげ、息子はコーラを、俺はビールを飲みながらスタンドで観戦する。そんな習慣がもう十年以上続いている。

「ひとりでって……シーズンパス、お前の分どうすればいいんだよ」

「譲渡できるシステムがあるみたいだから、俺、ネットで調べておくよ」

「いや、でもさ……」

さすがにひとりはさびしい。それに、部屋の机にかじりついて必死に受験勉強をする息子を家に置いて、自分だけビール片手にのんきにサッカー観戦なんて、はたして素直に楽しめるだろうか。

「お前、本気なんだな」

「サッカーは一試合九十分。シーズン四十二試合で合計六十三時間。受験生がこれだけの時間を無駄にするわけにはいかないでしょ」

「わかった。じゃあ俺も付き合う」

「は？」

「今年はお前のために俺もアルビ断ちする。一緒に頑張ろうな」

勢いで、俺までそう宣言してしまった。

ビッグスワンに行かない。生中継も見ない。試合結果は夜寝る前にハイライト映像で確認するだけ。それが俺たちのアルビ断ちである。

しかしそんな年に限って、アルベルト体制二年目のアルビは開幕から絶好調だった。十三試合負けなしで首位快走。サポーター仲間はＳＮＳに勝利の報告をばんばん投稿し、

《なんで最近スタンド来ないんすか？　めっちゃ楽しいっすよ》

《こんなアルビ、今まで見たことないです。一見の価値ありです》

と余計なメッセージを送りつけてくる。東京ヴェルディに7対0で大勝したとき、どうしてこんな年に息子が受験なのだろうと俺は神を恨んだ。

「父さん、無理しないでビッグスワン行けばいいよ。俺のアルビ断ちには意味があるけど、父さんの場合は何の意味もないんだから」

「いや、俺も頑張る」

「だったら試合見れなくて家でイライラすんのやめてくんない？　それ見てるほうが気が散るからさ」

「あ、悪い」

秋がやってきて、アルビはJ1昇格を逃して悔しい思いをしたが、俺の場合は残念に思うよりも、自分がその瞬間を見逃さずに済んだ、という安堵の気持ちのほうが強かった。チームには勝ってほしい。でも俺のことを置き去りにはしないでほしい。サポ心というのは実に複雑で厄介だ。

「アルビは今年ダメだったけど、その分、お前に運気が全部行くから大丈夫。むしろ昇格できなくてよかった。サッカーの神様ってのは一年にふたつも贅沢をさせてはくれないものだからな」

年が明け、いよいよ受験シーズンに突入したとき、こうなったら息子が合格を勝ち取るまでとことんアルビ断ちに付き合おうと俺は覚悟を決めた。

アルビのニュースは見ない。記事も読まない。移籍情報もキャンプ情報もすべてシャットアウト。ブラウザのお気に入りのリストからアルビの公式サイトを削除し、来季のシーズンパスの申し込みも、新しいユニフォームの予約も控えた。

ここまで徹底すれば、神様は俺たちに力を貸してくれるだろう。

カズキが受験の本番のために上京したその日、俺は息子を駅まで車で送ってから白山神社に直行し、賽銭箱に五千円札を投じて力強く柏手を打った。

「一年間、アルビを我慢しました。だからどうか、息子を合格させてください」

ところが、カズキは受験に失敗した。

第一志望の国立に落ち、滑り止めの私立にも落ちてしまった。俺はＰＫを失敗した選手のように天を仰いだ。おお、神様、なぜ——。

予定していた受験日程をすべて終えたとき、息子は浪人を決めた。

「父さん、ごめん。もう一年勉強させて。来年は第一志望がダメでも、必ずどこかに入るようにするから」

「わかった。頑張れ。俺ももっと気合入れて応援するぞ。来年、アルビの昇格と一緒に合格すればいいじゃないか。サッカーの神様ってのは、ちゃんと努力を見てくれるんだ。乗り越えられない人間に試練は与えないんだ」

そう言って息子の背中を力強く叩きながら、俺はふと思った。

おや？

ということはもしかして、俺は今年もビッグスワンに行けないのか？

うん、頑張るよ、と頼りない小さな声で返事をして、とぼとぼ自室に引き上げる息子を複雑な気持ちで見送ると、そばにいた妻がきつい目で俺を睨んだ。

「だから、あんたのそういうところがさあ」

「なんだよ」

「落ちこんでるんだから、そっとしといてあげなさいよ。あんたが気合い入れてどうすんの。馬鹿じゃないの。少しは人の気持ち考えなさいよ」

「俺、何か悪いこと言ったか?」

「普通にしていればいいのにアルビ断ちがどうとかサッカーの神様がどうとか、余計なことばっか言って。あの子、プレッシャーに弱いのわからない? 模試はA判定だったときもあるのよ。学力はちゃんとあるんだから」

「ちょっと待ってくれよ、俺のせいかよ……」


三月の連休初日、雨の土曜日。俺はカズキに頼まれて、駅前の予備校まで車を出した。新年度から通うための手続きが必要なのだ。

書類の申請はひとりで済むというので、近くの路上に車を停め、ハザードを点滅させて息子の帰りを待っていると、その場所から予備校のエントランスを受験生らしき子たちが出入りするのがよく見えた。

　喜びを隠せない顔で弾むように歩く子、対照的に肩を落としてとぼとぼ歩く子、まったく表情の読み取れない子——勝つ者がいれば、当然負ける者もいる。サッカーに限らず、それはどの世界も一緒だ。みんな一年間、カズキと同じように受験を戦い抜いたのだろう。彼ら彼女らの様子を眺めながら、俺はふと、はたして自分の大学受験のときはどうだったろうと思い返した。

　とにかく東京に出たい。俺の場合はそれだけだった。正直なところ入学できれば大学なんてどこでもよくて、自分の偏差値に見合うところをいくつか受験し、最初に合格した大学に入学した。周囲からのプレッシャーを感じた記憶も、合格のために願掛けをした記憶もない。上のランクを目指す向上心もなかった。当時は大学を出れば誰でもとりあえずどこかに就職できるいい時代だった。

　そう思ってよく考えてみると、俺はこれまで、何かの目標に向かって必死に頑張ったことがないのかもしれない。

　会社では数字のノルマのない比較的平穏な部署でのんびり過ごしてきた。同期が出世レースに血眼になるのを遠くから眺め、たいした肩書きもなく責任も権限も持たないまま、もうすぐ定年を迎える。

俺がアルビを応援しはじめたのは、もしかしたらそんな自分を奮い立たせるものを無意識に欲していた、ということなのかもしれない。

「父さんこれから何か用事ある?」

息子が予備校のロゴマークが印刷された分厚い封筒を抱えて車に戻ってきた。

「いや、別に」

「じゃあ、久しぶりにビッグスワン行こうよ。今日、甲府戦だろ」

「えっ、いいのか?」


松橋力蔵新監督率いる今季のアルビは、開幕から四試合、まだ勝ち星がなかった。三試合連続のドロー決着のあと、前節はアウェイで秋田に負けた。

「去年みたいにスタートダッシュを決めても、最初だけじゃしょうがないよ。逆に最初は調子があまりよくないほうが、あとになってグンと勢いがつくこともある。な、人生なんてそんなもんだよ」

受験で躓いた息子を励ますつもりで言ったわけではない。でもスタンドに並んで座り、ピッチを見下ろしながらアルビの話をしているうち、いつのまにかそんな説教じみた言い方になってしまった。

「今日負けたって、次、ちゃんと勝てばいいんだよ」

「わかってるよ」

三月の雨のビッグスワンは寒かった。家を出るときはスタンドでサッカーを観戦するつもりなどなかったから、防寒着の用意もない。ぶるぶる震えていると、トイレに立ったカズキが売店でおでんを買ってきてくれた。息子は俺と違って気がきく男なのだ。

「父さん大根好きだよね。俺のあげるよ」

「いいのか。じゃあ俺のこんにゃくとトレードしよう」

「ゴール、見逃しちゃった」

「お前がトイレ行ってるあいだに谷口が決めた」

「あー、なんかタイミング悪いんだよなあ、俺って」

ふたりではふはふ白い息を吐いていると、カズキがぽつりと言った。

「父さん、ごめん」

「なんだよ」

「不甲斐ないよ、まじで。父さんにアルビ断ちまで付き合わせたのに」

「何言ってんだお前……」

謝られる理由などない。俺は俺のためにアルビ断ちをしただけだ。

何か息子の力になりたくて、でもどうしたら力になれるかわからなくて、アルビ断ちに付き合うくらいしか俺にはできることがなかった。

不甲斐ないのはお前じゃない。俺のほうだ。

「父さん、今年は普通にアルビ見なよ。俺のこと気にしなくていいから」

「いや、俺も一緒に戦わせてくれよ」

そう言うと、カズキはまた困ったような顔になった。

ああ、こういうのが余計なプレッシャーになるのか。

「なあ、カズキ。俺、思うんだけど——」

そのとき、鮮やかなボレーシュートが甲府のゴールネットを揺らした。

横を向くと、笑顔がある。それは久しぶりに見る息子の自然な笑顔だった。

「あの選手、新戦力だよね? 誰だっけ。前、水戸かなんかにいたよね」

「ああ、俺もまだ詳しくない」

「今年はアルビ断ちとかやめて、たまには試合見に来ようかな」

「それがいいよ」

「アルビで受験のストレス解消、的な」

「それなら俺も頑張れる。今年はホーム戦をときどき一緒に見て、来年は東京でアウェイ戦を見るってどうだ。俺、母さんと東京に遊びに行くから」

「だからそういうプレッシャーかけないでよ」

「あ、悪い」

今季初勝利のホイッスルが吹かれたとき、近くのサポーターが声を上げた。

「よし、今年はここからだ！」

そう、俺たちはここからだ。

あの橋を渡るとき

2022.5.8

WHEN I CROSS THAT BRIDGE

The 15th section of the J. League Division 2
Albirex Niigata 4 - 3 Tokyo Verdy

五月の大型連休の最終日。

このところ好天続きで今日も空が青い。絶好のビッグスワン日和である。純也はリュックにいつもの観戦グッズを詰め、両親と暮らす米山の実家の玄関を出て、カーポートの庇の下の自転車にまたがった。

家の前の通りを右に折れてから、住宅街を南に進み、紫鳥線から鳥屋野球場の前を通って、道幅が狭い割に交通量の多い鳥屋野潟沿いの小道を走る。

本来ならば家を出てすぐ左に曲がり、新潟駅の南口から真っ直ぐ伸びる大通りから弁天橋を渡る東側のルートのほうが近いのだが、純也は最近ずっと、この遠回りの西側のルートでアルビの試合に通っている。

左手に開ける鳥屋野潟のむこうで、太陽の光をいっぱいに浴びたビッグスワンの屋根がまぶしいほど白く輝いている。

去年の春、純也は転職をした。

知り合いが立ち上げたＩＴのベンチャー企業に、前の会社よりもいい条件で誘ってもらったのだ。人付き合いが苦手でサッカー観戦以外にこれといった趣味を持たず、学生時代からパソコンをいじることしか関心のない純也にとっては、自分の仕事ぶりを評価されることが唯一の生きがいである。中途採用の純也に与えられたのは、部長クラスにあたるチーフエンジニアとしての想像以上の厚遇だった。三十五歳。正直、そろそろ肩書きのようなものも欲しかった。

長く勤めた前の職場で送別会を開いてもらえなかったのは、純也と会社のあいだで何か問題があったというわけではない。新型コロナのせいだ。新卒で入社し、それなりに愛着を感じていた会社だったので少しさびしい気持ちもしたが、飲み会そのものが禁じられているのだからしかたなかった。

「でもすごくお世話になったんで、ふたりでこっそり送別会しましょうよ」

同じ部署で働いていた六つ年下の亜弥から声をかけられたとき、純也はまず、誰の送別会のことだろう、と思った。他に会社辞める人なんていたっけ？

「純也さん、最後の出社って木曜ですよね。そのあと時間あります？」

「え？　俺？」

「退職するの、純也さんだけです」

純也はそれまで、職場で毎日顔を合わせる亜弥のことを恋愛対象として意識したことがなかった。それは見た目が好みじゃないという意味ではなく、むしろ逆で、どうせ自分なんか相手にされないと、はなからあきらめていたからだった。彼女は女性社員の中では美人のほうだったし、口には出さないが彼女のことを狙っている同僚の男は何人もいた。

「えと、いいけど。そっち、忙しいんじゃないの？」

「私は全然大丈夫ですよ。じゃあ木曜の夜に」


純也の最後の出勤日、ふたりは時間をずらして会社を別々に出て、新潟駅の万代口で待ち合わせ、近くのチェーンの居酒屋に入った。

「純也さん、お疲れさまでした。本当にお世話になりました」

「あ、いや、こっちこそありがとう」

話題は会社のことばかりだったが、何年も一緒に仕事をしてきたので、話が途切れて気まずくなることはなかった。彼女はフルーツ系のサワーをたくさんおかわりし、それにあわせて純也も焼酎の水割りをたくさん飲んだ。

「新しい職場はけっこう忙しそうですか?」

「うん、そうみたい。うちらの職場ってほら、けっこうゆるい環境じゃん。だからちょっと心配なんだよね。今より責任ある立場になるし」

「健康には気をつけてくださいね。煙草、もうやめたほうがいいですよ」

「だよね」

「そっかあ。明日から会社行っても、もう純也さんいないのかあ」

ため息とともにしみじみ言われると、純也はつい頬が緩んでしまいそうで、表情を隠すためにグラスの酒をぐいぐい飲み干した。

「そういえば純也さんって、サッカー好きなんですよね?」

「うん、好きだよ。アルビサポやってけっこう長いよ」

純也がそう言うと、実は私もけっこうサッカー好きなんですよ、と亜弥は身を乗り出してきた。私、お兄ちゃんがサッカー部だったんで。ときどき試合見に行ってたなあ。懐かしいなあ。またサッカー見に行きたいなあ。

「え、じゃあよかったらアルビ見に行く?」

酒の力を借りて、純也は思いきって週末のヴェルディ戦に彼女を誘った。

「いいですよ。行きましょう」


その日、ふたりは弁天橋のたもとにあるスターバックスコーヒーで待ち合わせをした。そこは純也がいつも自転車でビッグスワンに通うルートの途中で、彼女がひとり暮らしをしているアパートのすぐ近くでもあった。

純也が約束の十分前に着くと、彼女はすでに店内で待っていた。会社では見たことのない笑顔で手を振られ、純也はここでもついにやけてしまう。

お洒落を気取って純也も彼女と同じなんとかフラペチーノを買い求め、それを手に、ふたりは自転車を並べて弁天橋を渡った。確かその日はくもりで風はまだ冷たかったはずなのに、純也のそのときの記憶は、いつ思い出してもまぶしいほどの陽光に包まれている。

その試合、アルビはヴェルディに勝った。しかも予想外のワンサイドゲーム、7対0の大勝だった。ゴールが決まるたびに亜弥も周囲のサポーターと一緒に派手に喜んだ。彼女は耳に息がかかるくらいまで純也に顔を近づけて、言った。

「ビッグスワン、めっちゃ楽しいですね！」

そのときまたゴールが決まった。もうお祭り騒ぎだった。まるでスタジアム全体が彼女を歓迎しているみたいだった。

「やばい！気持ちよすぎますね！」

「勝利を祝って飲もう！」

「飲みましょう！」

ふたりは駅南の店で酔い潰れる寸前まで酒を飲み、純也はまたしてもその勢いを借りて、その夜、彼女の部屋に泊まった。

*

駐輪スペースに自転車を駐め、Wゲートからビッグスワンに入場する。

今年、純也は毎年買っているシーズンパスの席を、それまでのゴール裏からメインスタンドに変更した。理由は転職で給料が上がったからではない。

席に着くと、ちょうどスタメン発表が終わったところだった。

目についたのは左のウイングだ。本間至恩ではなく三戸舜介が選ばれている。ほう、三戸ちゃんか。亜弥と一緒に見た去年のヴェルディ戦で——そして今日の相手もヴェルディだ——Jリーグ初ゴールを決めた若い選手だ。仲間から手荒く祝福される姿を見て、あの子めっちゃ可愛い！と彼女は笑った。そして三戸ちゃんは彼女のお気に入りの選手になった。

昨シーズンと比べると、今年の三戸ちゃんはサポーター目線でもかなり成長して見える。去年よりも堂々としているし、プレーの精度も上がった。

一年あれば人は変化する。そう、人の心だって、時間が経てば変化する。

＊

大勝したヴェルディ戦のあとも、純也はホームゲームのたびに亜弥を誘い、自転車を並べてふたりでビッグスワンに通った。

アルビは強かった。このチームならJ1に行けると本気で思った。

「来年ここでイニエスタ見よう」

「え、誰それ?」

イニエスタを説明するために純也がメッシを持ち出すと、

「メッシなら私でも知ってる!」と彼女は目を輝かせた。

「新潟のメッシといえば本間至恩だよ」

純也がそう言って説明すれば、彼女はアルビの背番号10を記憶した。

本間至恩のすぐ近くでプレーする背番号31——ほら、今またサイドを駆け上がって至恩を追い越した——は、堀米悠斗。

「ニックネームはゴメス」

「ゴメス? なんか怪獣みたいで可愛い。漢字とカタカナの選手もいたよね?」

「舞行龍ジェームズのことかな」

「あの漢字、マイケルって読むんだ。スラッとしててカッコいいよね」

そんなふうに彼女は少しずつアルビのことをおぼえていった。

純也は嬉しかった。彼女と付き合えること、彼女がアルビを好きになってくれること、そしてそのアルビがこのままいくとＪ１に昇格できそうなこと。

週末はいつも亜弥と一緒に過ごした。最高の春だった。

ところが夏がやってきて、純也が新しい職場に慣れ、だんだん仕事が忙しくなるにつれ、ふたりの関係は次第にぎくしゃくしはじめた。

「今週はアルビ見に行ける?」

「ごめん、納期ぎりぎりの仕事が重なりそうなんだよね」

「えー、こないだも行けなかったじゃん」

「まともに仕事できるの、この会社、俺しかいないんだよ」

働きはじめてみると、新しい職場は純也が思っていたのと違い、かなりブラックなところだった。人使いが荒く、長時間労働は当たり前。優秀な人材は入社しても次々と辞めていくので、純也の下には実務経験に乏しい若いスタッフしかいない。やけに給料がいいのは、残業代がまったく出ないことの裏返しだった。

クライアントとのトラブルもあって休日出勤が続き、亜弥に会えない週末がしばらく続いていた。まともな恋愛なんて学生時代に一度経験したきりの純也は、そういう場合、恋人に対してどのようにふるまうべきかまったくわからなかった。

とにかく目の前の仕事を片づけることで頭の中がいっぱいだった。

「ねえ、夏休みどっか行こうよ」

「ごめん、俺、休みがいつ取れるかまだわからない」

「えー、じゃあどこも予約できないじゃん。もしかして明日も仕事?」

「だからしばらく休み取れないって言ったでしょ」

そのときはまだ、埋め合わせなんてあとからいくらでもできると思っていた。


お盆を過ぎてようやく仕事が一段落したとき、純也は以前と同じように、また亜弥をビッグスワンに誘った。

「やっと納品が終わったよ。だから今度の相模原戦、久しぶりに見に行こう」

ところが彼女の反応は渋かった。

「うーん、でも暑いし、日焼けしたくないし」

「え、どういうこと?」

「どういうことって、別に。もう少し涼しくなってからでいいんじゃない」

せっかく休みが取れたのにそれはないだろう。彼女の反応に腹を立てた純也はさらにしつこく誘った。すると彼女は言った。

「アルビ今調子悪いでしょ。私、負け試合見るのって嫌なんだよね」

「いや、でも、勝ったり負けたりするのがサッカーだから」

「えー、でもなあ。負けたらつまんない」

「そんなこと言ったら、アルビサポなんてやってらんないよ」

「え、私、アルビサポじゃないし。勝手にサポーターにされても困るんだけど」

「……じゃあいいよ、ひとりで行くから」


夏が終わって秋になっても、純也はひとりでビッグスワンに通った。スターバックスの横を通って弁天橋を渡るとき、自転車をこぎながらいつも、焦れったいような、もどかしいような、嫌な気持ちになった。

亜弥とはときどき会っていたが、彼女の部屋にはしばらく行っていなかった。たまにデートをしても、外で食事をしてそれきりのことが多かった。会話もちっとも盛り上がらない。付き合っているはずなのに、付き合っているような気がしなかった。ふたりの関係はまるで磁力を失った磁石のようだった。

十一月の祝日の磐田戦、純也は久しぶりに亜弥を誘った。

「だいぶ涼しくなったし、どう?」

「うんまあ、久しぶりだし、行ってみるよ」

スタバの前で以前と同じように待ち合わせ、一緒に弁天橋を渡った。でも二台の自転車は並んで走るのではなく、前後に離れていた。

磐田に敗れてアルビのJ1昇格が断たれたその試合の帰り道、弁天橋のたもとで信号待ちをしているときに、自転車にまたがったまま亜弥は言った。

「ねえ、私たちもう別れよ。これ以上付き合っても意味ないし」


次のホームゲームから、純也はビッグスワンに通う道を変えた。弁天橋を渡るいつものルートではなく、中央インター方面を迂回する西側のルートへ。

あの橋を渡ると、どうしても思い出してしまう。

春の日差し、なんとかフラペチーノの甘さ、はじけるような亜弥の笑顔、自転車を並べて交わしたたくさんの会話、試合後に何度も通った彼女の部屋——すべてが本当にあったことなのか、今はもう、そのことすら疑わしい。

*

新しいシーズンが開幕したら、ビッグスワンに通う道は弁天橋を渡る以前のルートに戻すつもりだった。でもやっぱりだめだった。別れて半年近く経つというのに、純也はまだ彼女のことを引きずっている。

今だってそうだ。ヴェルディが相手となれば彼女とはじめて一緒に見た試合を思い出さずにはいられない。前半を終えての一方的な勝ちゲームのムードも、アウェイサポーター席から聞こえる太鼓のリズムも、去年とそっくりだった。

違うのは、隣に彼女がいるか、いないか。

後半に入ってヴェルディの反撃を受け、アルビが同点に追いつかれたとき、純也はざわつくスタンドを見下ろしながら妙に納得していた。

そうだよな、いい時間なんていつまでも続くわけがない。

二年続けてホームでヴェルディに大勝なんてアルビらしくない。いい試合をしても、なんだかんだで結局ドローなのがアルビらしい。俺だってそうだ。恋愛なんて似合わない。地味にひとりで生きるのが自分らしい。

いいよもう、このままで。今日のゲームも、俺の人生も。

大きなため息を何度もついて、さ、もう試合も終わりそうだし早めに――と、腰を浮かせたときだった。

センターサークル付近から一本の縦パスがアルビの前線に通った。純也が、あ、と思った次の瞬間、パスを受けて前を向いた矢村健が、ペナルティエリアの外から思いきりよく左足を振り抜いた。

ボールがものすごい勢いでゴールに向かっていく。

一瞬静まったあとの、大歓声。ベンチから控えメンバーが飛び出し、ピッチの上で選手たちが重なり合う。近くで誰かが声を上げた。

「めっちゃゴラッソ！」

すげえ。純也はシートに腰を下ろし、素直な気持ちで、すげえ、こりゃすげえ、とマスクの中で何度もつぶやいた。

リュックを背負ってゲートの階段を下り、いつもの駐輪スペースでいつものように自転車のサドルにまたがる。歩いて帰るサポーターを避けながら大通りに出る。今日もまたこっちの道で、とハンドルを右に傾け、純也はふと思い直して地面に足を着いた。

いい時間が続かないとするなら、悪い時間というのも、そう長くは続かないのかもしれない。今日なら、あのゴラッソの余韻が残る今なら、彼女のことを吹っ切れるかもしれない。あの橋を渡れるかもしれない。

右に向けたハンドルを、ぐっと左に傾け直す。

矢村健が振り抜いたのと同じ左足に、純也は思いきり体重をかけた。

届けもの

2022.5.29

DELIVERYMAN

The 19th section of the J. League Division 2
Albirex Niigata 3 - 0 Montedio Yamagata

我が家にいつも荷物を届けてくれる大手運送会社のおじさんは、アルビの熱心なサポーターだ。名前は佐久間さんという。

背が高く、体格はがっちりしているけれど背骨が少し曲がっている。髪の毛は真っ白。おじさんというよりおじいさんと言いたくなるほど顔にたくさんしわがあり、実際、もうとっくに還暦を過ぎているのではないだろうか。

彼は私たち夫婦がこの家に引っ越してきた八年前からずっとかわらない、このエリアの担当配達員である。

おじさんは、大きな配送トラックではなくいつも小さめのライトバンみたいな車を運転して、だいたい、私が仕事から帰ってきて台所で夕飯の支度をはじめる時間帯にインターホンを鳴らす。

「山田さん、まいどー。お届けものねー」

私が受話器をとる前に玄関から大きな声が聞こえる。ドアを開けるとおじさんは「どうもねー」とにこやかに言って、胸ポケットからボールペンを抜き、親指でカチッとノックしてそれを伝票と一緒に私に手渡す。

「最近はやっぱり荷物が増えて大変ですか?」

「そら大変よ。何でもかんでも自粛自粛で、みんなネットで買い物すっけね」

「ですよね。私もそのうちのひとりだけど」

「おかげで俺の腰がどんどん悪くなる一方よ。ははは」

私たちは荷物のやりとりをしながら、ひとことふたこと、そんな会話を交わす。ときどき、アルビの話もする。

「こないだの試合見ました?」

「見たよ、やっぱ至恩は特別だね。俺、ほんとあの子が大好きなんさ」

おじさんのボールペンには運送会社のロゴではなくアルビのロゴがプリントされていて、会社のガラケーを押しこんだズボンのポケットからは、白鳥のキャラクターのストラップがぴょこんと飛び出している。彼は根っからのアルビサポなのだ。

私がアルビを応援するようになったのは、このおじさんの影響だ。

息子の涼介がまだお腹の中にいるとき、近所のコンビニに買い物に出かけて、うっかり財布を落としてしまったことがあった。おじさんはそれを仕事中に偶然拾い、運転免許証で私のものだとわかると、配達の途中なのにわざわざ家まで届けてくれたのだ。

「おじさん、ありがとう。ぜひお礼をさせて」

私が言うとおじさんは、んなもんいらないよ、そんなつもりで拾ったわけじゃねえから、と断ってから、

「じゃあアルビのこと応援してあげてよ」と言った。

「ひとりでも多くの人にアルビのこと気にかけてほしいんさ。本当言うと俺、自分のエリアのお客さんを全員アルビのファンにしてんさね」

その日の夜、家に帰ってきた夫にその話をしたら、夫は、へえ、サッカーってそんなに面白いのかな、と首を傾げてから、

「きっと愛なんだよなあ」と言った。

「うん、愛だよねえ」私もそう返した。

「じゃあ、応援してあげないと」

「うん、今度、本当に試合見に行ってみようかな」

私は次にネットで買い物をするとき、配達日時をしっかり指定して、アルビのオレンジ色のTシャツを着ておじさんを待ち構えた。おじさんは玄関のドアを開けるなり、破顔一笑、とても喜んでくれた。

私はおじさんの笑顔が好きだ。涼介がはじめて名字の「山田」を漢字で書けるようになったとき、受け取りのサインをさせたら、おじさんは顔をしわくちゃにして息子の頭をなでてくれた。

「リョウくん、すげえなあ。漢字書けるなんて立派だなあ」

おじさんは涼介がサッカーをやりたいと言い出してアルビのスクールに通いはじめたときも喜んでくれたし、小学校の入学前にランドセルを届けてくれたときなど、家族でもないのに目を潤ませていた。

「俺んとこは息子夫婦が東京だっけ、なかなか孫に会えねんさ。リョウくんを見てっと、なんか胸にぐっとくるね」

おじさんは、配達の仕事のある平日以外は、ホームゲームのたびにビッグスワンに足を運んでいるらしい。ユニフォームを着て、首からマフラーを下げて。

「それにしても、今は声を出せないのがつらいやね」

新型コロナのせいで声出し応援が禁止されてから、おじさんはよく私に愚痴るようになった。

「俺、歌いてんだわ、早く」

アルビの話に夢中になると、おじさんはときどき、応援歌のフレーズを口ずさむ。それは私が中学生のときによく聴いていたユニコーンの『I'M A LOSER』という曲のメロディで、私もアルビの応援歌（サポーターの言葉ではチャントというらしい）の中ではそれがいちばん気に入っていた。

「来年こそはJ1に上がってほしいですよね」

「本当だよ。俺がビッグスワンに通えるうちに昇格してくんないとさ、ほんと困っちゃうよ。生きてるうちに間に合うかなあ。だめかもなあ」

「何言ってんの、おじさんまだまだ全然元気でしょ」

「いやいや、だめなんさ。もう腰がつらくて。だから冬のあいだはしばらく休ましてもらって、来月から若い子が配達すっから、よろしくね。いい子だから。春になったらまた俺も復帰すっからさ」

そう言っていたのが、去年の秋の終わり。確かにそのとき、おじさんの顔色はあまりよくなかった。そしてその予告通り、クリスマスシーズンに入った頃から我が家の担当ドライバーは若い男の子に交代した。

春になっても、おじさんはなかなか現れない。早く新しいシーズンの話をしたいのに、まだ腰の調子がよくないのだろうか、涼介の入学式が終わって、桜が咲きはじめても、家にやってくるドライバーは若い男の子のままだ。

夫が涼介を連れてビッグスワンにアルビの試合を見に行き、車椅子席で観戦するおじさんの姿を見かけたのは、四月の半ばのことだった。

「本当にあのおじさんだった?」

「たぶん間違いないと思うよ。涼介もそう言ってたし」

おじさんはだいぶ腰が悪そうで、そばに娘さんらしき人がついて世話をしていたという。世話というよりも、それは、介護、みたいな感じだったらしい。

「声をかけてみようかと思ったけど、かけづらくて。あの感じだともう配達なんて無理なんじゃないかな」

私はそれを聞いてひどくショックを受けた。私にとって佐久間さんはもう、ただの運送会社の配達員ではなく、アルビを応援する仲間のひとりであり、息子の成長を一緒に見守ってくれる大切な人のひとりだった。

私が落ちこんでいると、

「これまでのお礼にさ、何か贈りものをしてはどうかな」

夫がそう提案してくれた。それは名案だと私も思った。

暑い日も寒い日も雨の日も雪の日も、いつも荷物を届けてもらったのに、私はおじさんに何もしてあげられなかった。今度三人でビッグスワンに行って、おじさんに声をかけよう。そして何か感謝の気持ちをかたちにして伝えよう。

「でも何がいいんだろうね」

「おじさん、確か甘いものが好きだった気がする。ほら、前にバレンタインでお義母さんが涼介にチョコの詰め合わせ送ってくれたでしょ。あのとき、おじさん、『俺もチョコレート大好きなんだよ。仕事中に疲れたとき、食べると元気出るんだよ』って言ってたもん」

「じゃあもう少し暖かくなるの待ってさ、それでもおじさんが仕事に復帰しなかったら、それ持ってみんなでビッグスワン行こうか」

昨日、ネットで注文したチョコレートと洋菓子の詰め合わせが家に届いた。届けてくれたドライバーは若い男の子だった。私は、夫が教えてくれた情報に間違いがあるといけないと思って——夫が見たのは人違いだったというその期待もまだ私の中にはあった——おじさんのことをちらりと訊ねてみた。

「佐久間さんって方、わかる？ いつもうちに荷物届けてくれてたんだけど」

「あ、はい、そうでしたね」

「今も配達ってされてるの？ 会社で顔を合わせることってある？」

するとその男の子は、えーと、プライバシーなんであれなんですけど、と断ってから声を落とし、言った。

「あの人、亡くなったんですよ」

「えっ」

「ずっと体調が悪かったみたいで去年の暮れで配達やめて、それで、先月に」

「そんな……」

「けっこう急だったみたいです」


五月の終わりの快晴の午後、家族三人でビッグスワンにやってきた。

今日はスタンドにたくさんお客さんが入っている。二万人近くいるだろうか。でもどこを見渡しても、おじさんの姿はない。

「今日は勝ってほしいね」

夫が言って、絶対勝つよ、と涼介が隣で拳を握った。

おじさんとの出会いがなければ、私たち家族はこんなふうにアルビを応援してはいないだろうし、息子もサッカーをしてはいないだろう。

発表されたばかりのスターティングメンバーには、おじさんが大好きな本間至恩の名前がある。今日、点を取ってくれるだろうか。取ってほしい。彼と一緒にJ1に行きたいと、おじさんはいつも話していた。

キックオフの笛を聞いてから、私は心の中でおじさんに話しかけた。

「おじさん、間に合わなかったね」

おじさんは今日もダンボール箱を抱えて我が家の玄関に立っている。

「だっけ言ったろ。でもいいんさ。俺はそれでもアルビが好きだっけ」

にっこり笑ってそう言う。

私はマスク越しに、誰にも聞こえない小さな声で、あの歌を口ずさむ。おじさんに教えてもらったあの歌を。

おーれーたちがー　ついてるさ　にいがた
つたえたい　このおもい
あいしてるにいがた

私がおじさんに届けられるのは、もうこの歌くらいしかない。

風に乗って、届くだろうか。

さよならの約束

2022.7.10

FAREWELL PROMISE

The 26th section of the J. League Division 2
Renofa Yamaguchi FC 1 - 3 Albirex Niigata

ふと目が覚めたのは明け方の四時だった。

寝ぼけまなこでスマホを手にとり、いつものようにニュースアプリを立ち上げたそのとき、目に飛びこんできた記事のタイトルで俺は瞬時に覚醒した。

『J2新潟からCLへ！』

隣で寝ている妻を起こさないようそっと寝室から出ると、廊下のつきあたりの息子の部屋から蛍光灯の青白い光が漏れている。また消し忘れやがって。ドアを半分開けると、息子は妻とそっくりの寝顔ですやすや眠っていた。

枕元の壁に貼られた本間至恩のポスターを見つめながら、俺は思う。

ついに、ついに、ついにこの日が来てしまった。

こいつに何と言って話そうか。顔を合わせるのが気詰まりで、俺は息子が起きる前にさっさと着替えて出勤することにした。

昨夜は七夕だった。

「おい、瑛太、俺も書くからお前も何か書けよ」

小学三年生の息子は、このところ元気がない。

少しでも気晴らしになればと思い、総務の子に頼みこんで会社のエントランスの季節飾りをもらって家に帰ったのだが、瑛太は「別に書くことなんてないよ」とつれない反応で画用紙の短冊を一瞥しただけだった。

「いいから、何か書けよ」

俺は《祈 アルビJ1昇格！》と太いマジックで書き、リビングに飾った笹にぶら下げた。ほらお前も、とマジックを渡すが、瑛太は受け取らない。

「あとで書く。お風呂入ってくる」

瑛太がリビングを出て行くと、キッチンで皿を洗っていた妻が言った。

「しょうがないよ、あの子、今はいぶき君のことでショック受けてるんだから」

三日前、同じマンションで暮らす瑛太の親友が夏休みに転校してしまうことがわかった。そのせいで瑛太はこの三日間、ずっとふさぎこんでいる。

「ぶっきーがいなくなるなら、俺、サッカーやめる」

ぶっきーが同じマンションに越してきたのは、瑛太が小学校に入学した年の春だった。ふたりは同じ時期に地域のサッカークラブに入団し、それからずっと、一緒にボールを蹴ってきた仲だ。

ぶっきーの父親はとても親切な男で、休みの日はよく車を出してふたりを練習場まで送り迎えしてくれた。ときどき、ぶっきーと一緒に瑛太をビッグスワンにも連れて行ってくれた。瑛太がアルビを好きになったのは、完全にこの親子の影響である。

「うちはどうしても転勤があるんで、息子にはいい友達といい思い出をたくさん作ってやりたいんですよ」

あるとき、練習場の隅で子どもたちの練習が終わるのを待ちながら立ち話をしていたら、ぶっきーパパは言った。

「たぶん、ここにもそう長くはいられないと思うんです」

聞けば年齢は六つも下だが勤め先は誰でも知っている超有名企業で、妻のママ友コミュニティの噂によると彼の年収は一千万を下らないらしい。

ぶっきーは毎年春になると、オフィシャルネームの入ったアルビの新しいユニフォームを父親に買ってもらうという。最初にそれを聞いたときは、子どもにそんな贅沢させせんじゃねえ、と苦々しく感じたものだが、今思えば、それは彼の家族にとって大切な、この町の思い出のひとつなのかもしれない。

我が家の場合は、「俺もぶっきーみたいな至恩のユニフォームがほしい！」と今年もねだられたが、二万円近くするシャツを九歳の子どもに買い与えるのはやはりためらわれ、セール価格の安いシャツとポスターで我慢させた。

ぶっきーの転校が決まってから、瑛太はぶっきーとまともに話をしていないらしい。話せないのだろう。何を言っても、かなしく、さびしい。

親友がいなくなるだけでもつらいのに、大好きな至恩までいなくなるなんて。瑛太にとっては二重のショックだ。

さて、至恩の移籍のニュースを瑛太に何と言って説明しよう。

もう学校で話題になっているだろうか。ぶっきーから聞いただろうか。会社の大事な会議中、俺の頭の中はそのことでいっぱいだった。

アルビのJ1昇格を夢見る俺としても、正直、このタイミングでの至恩の離脱はつらい。彼の才能を考えればもちろん納得はしているし、移籍の話はこれまでもきっとあっただろうによくぞ今までアルビにいてくれた、と思う。ベルギーでもこれまでと同じように、たくさんの子どもたちから――その町の瑛太やぶっきーから――愛されてほしい。

ただやっぱり、なんで今なんだよ、という気持ちも少なからずある。

俺は心のどこかで、至恩はチームがJ1に昇格してから旅立つものと勝手に思いこんでいた。

「あのー、先輩、人の話聞いてますか?」

部下に叱られて我に返った。

「ちゃんと会議参加してくださいよ」

「あ、すまん」

うだつの上がらない中年社員を見る周囲の視線は厳しい。

俺は俺なりに頑張っているつもりだが、会社にはもっと頑張って数字を上げている若いやつらがたくさんいる。彼らの目に、きっと俺はもう会社のお荷物としか映っていないのだろう。

世の中には自分の力ではどうにもできないことがたくさんある。現実というのは結局は、受け入れる以外に方法がない。

そんなふうに言えば瑛太は納得してくれるだろうか。

「大人になればきっとわかる」

こんな言い方しか思いつかない俺自身が、俺は無性に情けない。

今夜は玄関のドアがやけに重く、冷たい。

瑛太が寝る時間まで外で酒を飲んでやり過ごすことも考えたが、それは卑怯者のすることのような気がして、俺は定時で会社を上がりそのまま家に帰った。

玄関で靴を脱ぎ、廊下を進んでリビングのドアを開けながら、ただいま、といつもと同じように口にすると、ダイニングテーブルで夕飯を食べ終えたばかりの息子がぱっと振り向いた。

「あ、パパ、おかえり！」

その表情は俺の予想に反して明るい。

さてはまだ移籍のニュースを知らないのだな。

瑛太、あのな、と俺が口を開きかけると、瑛太はそれを遮るように身を乗り出し、大きな声で言った。

「すごいね、至恩！　パパ、知ってる？」

「ん、あ、記事見たよ」

「ベルギーってデ・ブライネの国でしょ！　名門に行くんでしょ！」

「そうだな、うん」

「ほら、それはいいから。食べたらお皿下げて先にお風呂入っちゃいなさい」

母親に言われた瑛太は、素直に皿を下げ、ソファの上に積まれた洗濯物の山から自分のパジャマを引き抜いてリビングを出ていった。

「あいつ、意外と元気だな」

「学校でいぶき君から聞いたんだって。それで、すごくショック受けたみたいなんだけど、なんかね、ふたりでいろいろ話したみたいで」

「話した？　何を？」

「私もよくわかんないんだけど、何か約束したみたい」

「約束？」

ふふ、と妻は小さく笑い、ビールでも飲む？と冷蔵庫を開けた。

「あとでもらうよ」

俺は瑛太のことが気になり、夕飯をあとまわしにしてリビングを出て、脱衣所から風呂のドア越しに話しかけた。

「瑛太、ちょっといいか？」

「何？」くぐもった声が返ってくる。

「いや、アルビ、さびしくなるな」

「うん、さびしいよ」

でもその声はやはり明るい。

「大丈夫か？」

「さびしいけど、さびしいって言われるだけじゃ、至恩がかわいそうじゃん」

その言葉に俺は胸をつかれた。

「そうだよな、うん。なあ、お前、今日ぶっきーと話したのか」

「うん」

「何話したんだよ」

「サッカー頑張れって言われた。だから、お前も頑張れって言った。ぶっきー、むこうでもサッカー続けるってさ。きっとまた一緒にサッカーできるよって言ってくれた。プロになってまた同じチーム入ろうぜって」

そうか、そうだよな。俺は思った。

どんなに遠く離れたって、信じ合うことはいくらでもできる。心の中ならいつだって一緒にいられる。俺にだってかつてはそういう友達がいた。

そのとき、玄関のインターホンが鳴った。ややあって妻が脱衣場に顔を出す。

「瑛太、いぶき君が来てるよ」

瑛太はずぶ濡れのまま風呂から上がり、バスタオルを腰に巻いて玄関に出た。

「なんだよ瑛太、風呂かよ」

「風呂だよ」

「これ、渡しとく」

ぶっきーはそう言って、スポーツショップの紙袋を瑛太の胸に押しつけた。

「なんだよこれ」

「やるよ」

「おう」

「日曜の山口戦、お前も俺ん家で見る?」

「見る」

「わかった。じゃあな」

「おう、じゃあ」

用件を済ませると、ぶっきーはさっさと帰っていった。たった数十秒。なんてそっけない会話だ。でも男同士なんてそんなものだ。

「瑛太、何もらったんだよ」

紙袋の中を覗きこむと、オレンジ色の布製のものがクシャクシャに押しこまれている。広げると、それは背番号10のユニフォームだった。

いい友達だな——

そう思って泣きそうになったのは瑛太ではなく俺のほうだ。

「えっ、こんなのもらったの? こっちも何かお礼しなくちゃだめじゃない。これって高いの? いくらすんの?」

そばで妻が慌てている。

俺はリビングに戻って缶ビールを開けた。ふと見ると、昨夜の笹飾りの短冊がひとつ増えている。

《ぶっきーと一緒に、ヨーロッパで至恩を見る！》

約束って、これか。

金がかかるなあ。真っ先にそう思った。でもぶっきーの両親なら喜んで叶えてやるのかもしれない。きっと俺にとっても、叶えてやれない願いじゃない。

REASON

2022.8.14

REASON

The 31st section of the J. League Division 2
Tochigi SC 0 - 2 Albirex Niigata

年々、夏の暑さが厳しくなっていく。

久子はエアコンのない台所に立ち、首に巻いた手ぬぐいで汗を拭いながら、冷蔵庫から取り出した麦茶を来客用のグラスに注いでいる。

「お母さん、そんなの私がやるから涼しいとこで座ってなさいよ」

そばで枝豆を茹でていた娘がそう言って、ガラス製の古いピッチャーを久子の手から奪い取った。

「もう、こんな重いの持ったらまた腰に負担かかるでしょうが」

そういう娘も、すでに還暦を過ぎて膝が痛いだの肩が上がらないだの、さっきぶつくさ話していたばかりだ。

エアコンの効いた居間に戻ると、ひとりきりの生活にはいささか広すぎる十畳間が普段と違ってひどく窮屈に感じられた。ソファには白髪が目立ちはじめた娘の夫と孫夫婦が座っていて、畳の上では三人のひ孫たちがもの珍しそうに双六に興じている。孫娘と結婚したアメリカ人の男は身長が二メートル近く、その血を引いた子どもたちも皆、まだ十代だというのに久子の背丈をとうに追い抜いている。日本語と英語がまじる彼らの会話を聞いていると、同じ空間にいるだけで久子は目が回りそうだ。

いちにいさん、しいごおろく。あとは台所の娘でしち、私で、はち。

「麦茶、冷やしといたすけ飲めて」

数を確かめてから言うと、ひ孫たちが歓声を上げ、久子に続いてグラスを運んできた娘のまわりに群がった。

「やった、日本の味!」

「I like it!」

行動制限のない夏、家族全員がこうして集まるのは三年ぶりだ。

「久子ばあちゃん、これ何?」

日本の古い家の暮らしが珍しいのか、生まれてこのかたずっとアメリカ暮らしの少年少女は、あれこれ部屋の中を指さしては、彼らの母親や祖母、そして曾祖母——グレートグランドマザーというらしい——の久子に訊ねる。

「知らねんか。仏壇らて」

「ご先祖さまがここにいるの。こうやってチーンってやって」

「I want to try it！」

「Who is in this photo？」

「それはカズオおじいちゃん。ママのおじいちゃんね」

久子の夫は二年前に他界した。新型コロナで世の中が騒然としているさなかのことで、葬儀は久子と娘夫婦だけの、実にささやかなものだった。

「これは何？ オレンジのものがいっぱい入ってる」

仏壇の下の物置スペースに突っこんだ衣装ケースには、夫の遺品を片づけたとき捨てるに捨てられなかったものを押しこんでいる。勝手にふたを開けたひ孫のケン――いちばん年上の男の子で今年からハイスクールに通い出した――が中身を引っかき回し、母親に叱られた。

「この漢字、僕、わかるよ！」

久子が覗きこむとそれはアルビのユニフォームで、漢字というのは胸にプリントされた「亀田製菓」のことだった。

「I've seen it somewhere before……」

「柿ピーだよ！」

「Oh, I see！」

「そうだ、日本にいるうちにいっぱい買おう！」

「ほらケン、いいからちゃんときれいに畳んでしまっておきなさい」

夫はアルビの試合を見るとき、スタジアムでもテレビの前でも、いつもそのユニフォームを着ていた。棺に入れてやるつもりでいたのに、葬式のときすっかり忘れてしまったのだ。

「柿の種なら戸棚にいくつかあるっけ、勝手に持ってけて」

「やった！ありがとう！」

「Thank you！」

それにしても子どもというのは騒がしい。ちょっと一緒にいるだけでこんなに疲れるなんて。会えるのは嬉しいが、ずっとそばにいるとなんだか神経が磨り減る。全員が集まったら落ち着かないだろうと、昨日のうちにひとりで先に墓参りを済ませておいてよかった。久子はつくづくそう思った。

「おばあちゃん、横になってていいよ。お寿司が来るまでまだ時間あるし」

三人の子どもたちの母親である孫の希美がそう言ったので、久子は居間の隣の寝室で少し休むことにした。

休むといってもベッドに横になると本格的に寝てしまいそうだから、縁側の古い籐椅子に腰かける。この椅子はずっと夫専用のものだったが、亡くなってからは久子が本を読んだり庭を眺めたりするのに使っている。座面に大きめのクッションを敷いているので座り心地がよく、久子は日中、ここでうたた寝をすることもある。

「腰がだいぶ悪いってお母さんから聞いたけど、大丈夫?」

そう言いながら久子を気づかってエアコンの温度を調節する彼女のお腹は、見てはっきりとわかるくらい膨らみはじめている。冬に四人目が産まれるらしい。

「大丈夫らて。あんたも無理すんな。飛行機、疲れたろ」

希美が部屋を出てから目をとじると、久子のまぶたの裏に、さっきケンが広げた鮮やかなオレンジの残像が浮かんだ。

久子の夫がアルビの応援をはじめたのは、二十年ほど前、鳥屋野潟のむこうに新しいスタジアムができてすぐの頃だ。サッカーなんてあんなチャラチャラした球蹴り、と最初は毛嫌いしていたくせに、町内会の会長に誘われて無料チケットで観戦に出かけるや、ユニフォームやグッズをたんまり買いこんで帰ってきた。

「俺、こんな派手なオレンジ似合わねろ」

鏡の前でそのユニフォームに袖を通したときの照れくさそうな夫の表情を、久子は今でもはっきりおぼえている。

普段は出不精で無口な夫だったけれど、アルビのことだけはよくしゃべった。ビッグスワンで試合のある週末は必ずゴール裏に通い、アウェイ戦はテレビで見た。そして久子はいつもそんな夫のすぐそばにいた。

先月、夫の会社員時代の後輩が、仏壇に線香を上げに来てくれた。

「車じゃないなら、飲んでけて」

そう言って彼が好きだったビールを久子がすすめると、

「いやもう私、酒はやめたんですよ」と彼は首を横に振った。

「どうしたん、あんたらしくない。一杯くらいいいろ」

「実は、私、病気しまして。和夫さんと同じです。いやあ参りました。病気になるといろいろ考えるものですね。仕事してるときは何も考えずに生きていたんだなあって思いますよ」

「そんな、あんたまだ若いじゃないの」

「いや、和夫さんとは五つ違うだけですから。それにしてもね、どうしてこんな歳をとってまで自分は生きているんだろうと、生かされているんだろうと、考えれば考えるほどわからなくなりましたよ」

「そんなの私も同じですて。朝起きて、テレビ見て、ご飯食べて、寝るだけ」

夫を見送り、九十を過ぎてひとり暮らしの久子には今、生活の張り合いになるものが何もない。今さら欲しいものなどないし、行きたいところもない。身体はあちこちガタがきて、近くのスーパーに買い物に出かけるのさえ億劫だ。

ただ生きてしまっているから生きている、そんな気がする。

先に逝った夫は、何を考えて、何を生きる理由にして、人生の最後の時間を過ごしたのだろう。聞いておけばよかった、と久子は思った。

「しかし、暑いですね今年は」

「ほんね、今年はとくに暑っちぇね」

昨日、墓参りを済ませて家に帰ってから、家の中を綺麗にしておこうと掃除機を動かし、久子はまた腰を痛めた。もう掃除もろくにできなくなってしまったか。もしかしたら今年の夏が自分にとって最後の夏になるかもしれない。横になって庭の景色を眺めながら、久子はそんなことを、確信に近く感じた。

娘夫婦も孫夫婦もいるこのお盆のうちに、久子は彼女たちに自分の今後を託しておくつもりでいる。いよいよひとりで生活できなくなったらどうするか、死んだら家や貯金や墓をどうするか。あらかじめ話し合っておけば安心だ。そうすれば、きっともう、生きる理由など考える必要もない。


うとうとして目を覚ますと夕方の気配だった。

玄関が騒がしいのは、出前の寿司が届いたからだろう。

かつてこの家に家族が集まるとなれば、久子は腕によりをかけて彼らの好きな料理をふるまったものだが、それももうずいぶん昔の話である。

寿司屋の配達の車が帰る音を聞いてから、久子はよっこらしょと立ち上がり、壁沿いに手をはわせ、蛍光灯の明かりの漏れる居間の襖をそっと開けた。

おや？

久子はそのとき、自分はまだ眠りから覚めていないのではないかと思った。

正面のテレビではアルビの試合が流れていた。

その手前のソファには、オレンジのユニフォームを着た夫の背中があった。

それは二年前までいつもそこにあった週末の夕方の光景だった。

——あ、あんた。生き返ったんかい——

そう口を開きかけて、いくつもの視線に気づく。

「あ、おばあちゃん」

希美の声に反応して振り向いたのは、夫ではなく、ケンである。

「ごめん、この子、勝手におじいちゃんのユニフォーム着ちゃって」

ケンは立ち上がると、おどけた顔で両腕を広げてみせた。

「これ大きいけど、オーバーサイズで着れてちょうどいい。それにまだカズオじいちゃんの匂いがする」

「おばあちゃん、アルビ、勝ってるよ」

夫がアルビのサポーターだったことを、家族はよく知っている。だからこうして、集まるのをお盆の十三日ではなく、アルビの試合のあるこの日にしたのだ。みんなでテレビで試合を見ながらお寿司を食べたいと、久子が自分から言い出したのだった。それがきっと、夫のなによりの供養になると思って。

「おばあちゃんの席どこ？ あ、そっちだって」

「Where is her soy sauce and chopsticks ? 」

「I found it. It's right here. 」

「ほら、おばあちゃんもそんなとこ立ってないで座って」

「はいはい。よっこらしょ」

久子がソファに腰を下ろすと、ケンがユニフォームをつまんで言った。

「でも僕、やっぱりこんな派手なオレンジ似合わないよ」

あはは。久子はおかしくなる。

「ばあちゃん何笑ってるの？」

「何でもないて」

そうだ。夫にはこれがあった。

毎年、春が近づくと妙にそわそわして、それからずっと週末が待ち遠しくて、秋が来るとしゅんとして、冬になればまた春が待ち遠しくて。

それが夫の生きがいだった。生きる理由だった。

人生の最後にアルビがあって、きっと彼は幸せだった。

「僕、今度、本物の試合見たいな」急にケンが言い出し、

「私も！」

「I wanna go too！」

ふたりの妹も手を挙げた。三人が久子の顔を見る。

「ばあちゃん、来年は試合、見に行こうよ！」

「そうらね、私もしばらく行ってねっけ、行ってみっかね」

久子は約束をした。来年の夏、三人のひ孫と一緒にビッグスワンに行く。

じゃあ、やっぱりそれまでは生きていなくちゃ。

ちらりと仏壇を振り返ると、写真立ての中で夫が羨ましそうに笑っている。

来るべきその日

2022.8.20

THE DAY

The 32nd section of the J. League Division 2
Albirex Niigata 1 - 0 Roasso Kumamoto

夏の夕刻、亀田方面から新潟駅方面へと高速道路の高架をくぐって歩く男女がいる。どちらも三十歳前後だろうか、ふたりともオレンジと青のタオルマフラーを首から下げ、男は同じ配色のストライプの、女は白のサッカーシャツを着ているから、行き先がビッグスワンであることは説明するまでもない。

手首にお揃いのオレンジのリストバンドをしているところからして、ふたりは誰の目にもカップルに見える。ただし、彼らは本当はカップルではない。小学生のときから近所に暮らす仲のいい友達同士である。

「和真さあ、そのシャツなんか臭うんだけど。ちゃんと洗ってる?」

「え、うそ。こないだ雨の日に部屋干ししたからかな……。有紗もなんかここにケチャップみたいなのついてるよ」

「げ、ほんとだ。気づかなかった」

「アウェイユニは汚れが目立つね」

「あー、これ絶対落ちないよ。こないだ帰りに食べたパスタのせいだ」

「だからトマトソースはやめとけって言ったのに」

今年、アルビは好調だ。この日の熊本戦の試合前の時点でリーグ二位。三位の仙台には勝ち点で4の差をつけている。シーズンの残りは十一試合で、このままの調子を維持できればいよいよJ1昇格の夢が叶いそうだ。ふたりの鼻息は荒く、そしてビッグスワンに向かう足取りもこれまでの夏よりうんと軽い。

「でも熊本、手強そうだよね」

「プレスきっついらしいよ」

「だけどホームだしさ、勝ってくれないと困るよ」

「だよね。俺、今日勝ったらなんかほんとに昇格できる気がする」

秋にもし昇格が決定したら——和真はひとつ心に決めていることがある。

その日、有紗に告白をする。

もういい大人なんだから、好きなら好きとさっさと言ってしまえ。

これまで和真は何度もそう思ってきた。でも言えなかった。一度友情で結ばれた男女の仲は、それが昔からの長い付き合いの場合は特に、恋愛に発展させるのが難しい。

ふたりがビッグスワンに通い出したのは、有紗が新潟に帰ってきた二年前だ。大学進学で上京した彼女は東京で就職し、ずっと渋谷のファッションビルで働いていた。三年前に父親が脳梗塞で倒れ、母と兄夫婦だけでは大変だろうと仕事を辞めて実家に戻ってきたのだが、新潟で就職した矢先に、その父親が亡くなった。彼女は今、実家の近くのアパートでひとり暮らしをしている。

「地元で暮らすのほんと退屈なんだけど。新潟まじで何もない」

「まあそりゃ渋谷から亀田の落差だとね。でもイオンとアピタがあるから買い物は便利でしょ」

「いやいや、私の欲しいものどこにも売ってないから」

有紗があまりにもつまらなそうにしているので、和真はためしに彼女をアルビの試合に誘ってみた。和真にしても、前からファンだったとか興味があったというわけではなく、ひまつぶしになんとなく誘ってみただけだった。

試合を見に行って、ふたりは少しずつアルビにハマっていった。

そのシーズンから就任したスペイン人新監督のサッカーは、ふたりにサッカー観戦の楽しさを教えてくれた。ホームゲームがある日はビッグスワンまで一緒に歩いて試合を見に行く（雨の日は和真の車で見に行く）のが、いつしかふたりの習慣になっていった。

「私、シーズンパス買っちゃおうかな」

「え、シーパス買うの？　高くない？」

「パパの遺産を分けてもらえたから、実は今ちょっとリッチなんだよね」

アウェイの試合を、和真はよく有紗の部屋で見る。

コンビニでビールとつまみを買い、キックオフの時間に合わせて亀田駅近くの彼女の部屋に行く。そしてああだこうだ言いながらＤＡＺＮで観戦する。

部屋に行く、といっても、試合後にそこで何かが起こるわけではない。

「あそこでバックパスとかないわ」

「なんか全体的にコンディション悪かったよね」

「まあドローは妥当な結果だよ」

残ったビールを飲みながら勝手に反省会をするだけだ。缶が空になり話が途切れたら、和真はさっさと部屋を出る。

「じゃあまた」

「うん、また来週。おやすみ」

「おやすみ」

和真は有紗に本心を打ち明けるのが怖い。もし告白して彼女にその気がなかったら、友情だけでなく、一緒にアルビを見るこの習慣まで失ってしまうかもしれない。そう思うと足がすくんでしまう。

それに実はもうひとつ、和真には彼女に素直に好きと言えない理由があった。有紗には、東京に男がいるのだ。かつての仕事仲間でふたつ年上らしい。

和真はその男に会ったことはないが、顔だけは知っている。彼女の部屋の冷蔵庫に男とのツーショットの写真が貼られているからだ。和真は部屋に足を踏み入れるたびに、意識するつもりなどないのだが、毎回それを目にする。そして目にするたびに、こいつと俺とどっちがいい男だろうかと、そんなどうしようもないことを考えてしまう。やっぱり意識してしまう。

和真はそもそも、有紗を好きになるつもりなんてなかった。有紗が地元に帰ってきたときは、昔の友達と再会できて嬉しいと思っただけだったし、遠距離恋愛の悩みを打ち明けられても、信頼して話してもらえることが嬉しいと思っただけだった。でも、毎週毎週アルビの試合で顔を合わせるうち、いつのまにか、嬉しいだけではいられなくなってしまった。

和真は今、アルビが好きでアルビを応援しているのか、彼女が好きでアルビを応援しているのか、よくわからない。

「最近、彼とはどうなの?」

夏がはじまる前、そういえば最近、有紗が東京の恋人の話をしなくなったと和真は気づいた。

「うーん、どうって言われても、って感じ」

「有紗、東京行ってる?」

「もう三ヶ月くらい行ってない。てか、私、ちょっとわかんなくなっちゃった」

「わからないって?」

「実はね、彼から東京に戻ってこないかって言われてて」

「あ、そうなんだ。……え、それは結婚とかそういうこと？」

「まだそこまでじゃないんだけど。うーん、でもなあ……。あっちで暮らしたら今の仕事辞めなきゃだし、アルビも見れなくなっちゃうし」

「だね」

「どうしよう」

「どうしようって俺に言われても……」

先週、有紗の部屋で和真が見た冷蔵庫の写真は、半分が新潟市のごみ収集カレンダーで覆われていた。今、彼女の気持ちが揺れている。もしかしたらチャンスなのかもしれない。

和真は思った。なんとしても彼女をこの亀田に引き留め、そして気持ちを自分のほうに振り向かせたい。でもどうやって好意を伝えればいいのだろう。

ただ「好き」と言ったところで上手くいく気はしない。いきなりベッドに押し倒すなんてこともできない。よく、大人になれば告白なんてしなくてもいい雰囲気になったらあとはなりゆき、みたいな話を聞くけれど、今のふたりの関係性と和真の技量ではいい雰囲気を作るなんてまずもって不可能だ。

やっぱり、言葉ではっきり伝えるしかない。

で、アルビのＪ１昇格が決まるその日こそが、最大の好機ではないかと和真は考えるのだ。喜びを爆発させ、感動を共有し、その勢いで告白をする。その勢いでなにがなんでもうんと言わせる。

その日なら、受け入れてもらえるような気がする。

その日なら、奇跡を起こせる気がする。


「ちょっと和真、人の話聞いてる？」

「あ、ごめん、何？」

いつもの席で、和真はピッチを見下ろしながらぼんやりと「その日」のことを妄想していた。

「なんかさっきから心ここにあらずみたいな感じだけど。大丈夫？」

「俺？　俺は普通だよ。で、何？」

「あのさ、熊本って――」

「あ、ちょっと待って」

そのとき、アルビがカウンターからチャンスを作った。谷口海斗がドリブルで熊本のゴール前に迫る。左サイドからフリーで走りこんだ小見洋太の前のスペースに、斜めのパスが出る。

「おおっ!」

「小見ちゃん、打てっ!」

ダイレクトでシュート。ゴールネットが揺れる。スタジアムが沸く。

「よっしゃー!」

ふたりで同時に拳を振り上げ、力強い握手を交わした。

アルビのゴールが決まったときだけ、和真はご褒美のように有紗の肌に触れることができる。その手の柔らかな感触は、いつも和真の胸を苦しくさせる。

「で、さっき有紗が言いかけた話って何?」

「あのさ、熊本って——。……もう、今のゴールで何の話か忘れちゃったよ」

あはは、と有紗が無邪気に笑う。その笑顔があまりにも自然で、自然過ぎるからこそ和真は嬉しく、同時にひどくさびしい。来年もこの距離でこの笑顔を見られるならアルビがJ2のままでも構わないと、そんなことを思ってしまう。

試合後、一点を守りきった守備陣を讃えながら、ふたりはビッグスワンをあとにした。スタンドの階段を下り、駐車場やシャトルバス乗り場に急ぐ人たちを横目に来た道を引き返す。和真は自分のスマホの音量を最大にして、まだ試合途中の仙台戦の実況を流した。

「ねえ、もし今日仙台が負けたらさ、勝ち点の差が7に広がるよ。やばいね」

「やばいね。てか、アルビが本当に昇格したら、うち初めてのJ1だよね。私、めっちゃ楽しみなんだけど」

「うん、俺も」

「J1の試合見られるなら、私、やっぱ新潟にいようかな」

「それもいいと思うよ」

その会話の流れで、和真は誘ってみる。

「昇格決まったらさ、ふたりでお祝いしない？」

ただ友達を飲みに誘うだけなのに、どうして声が震えてしまうのだろう。胸が苦しくなるのだろう。真っ直ぐ顔を見られなくなってしまうのだろう。

「は？　何言ってんの」

「……え、……ダメ？」

和真は絶望的な気分だ。

「そんなの当たり前でしょ。私、めっちゃ飲む。いい酒飲もう！」

有紗の黒い瞳が、その日を想像してきらきら輝いている。もし告白なんてしたら、この輝きを鈍らせてしまうだろうか。感動に水を差してしまうだろうか。

和真はまたそんなことを考えてどうしようもない気持ちになる。

「残り何試合だっけ？」

「十試合。あともうたった二ヶ月だよ」

「なんかさ、私、アルビを応援してきてよかったよ。こんなにドキドキできるなんて、幸せだよね」

「うん、俺もそう」

夏の夜、新潟駅方面から亀田方面へと高速道路の高架をくぐって歩く男女がいる。来るべきその日、ふたりはどんなふたりでいるだろうか。

最後のオレンジブロッサム

2022.9.18

THE LAST ORANGE BLOSSOM

The 37th section of the J. League Division 2
Albirex Niigata 2 - 0 Mito Hollyhock

ハルカが経営するカフェバーは、古町の狭い路地に面した雑居ビルの二階にある。宣伝は一切せず、雑誌やネットの取材もお断りなので、知る人ぞ知るディープな感じの店である。

この店に、春から秋にかけて、年に数回やってくる二十代後半のカップルがいる。男のほうはいつもビジネスシャツに黒のスラックスという仕事帰りのような格好で、女のほうはカジュアルな普段着。会話の節々に、ほんの少し関西のイントネーションがまじっている。カウンターの席に並んで座るなり興奮気味にサッカーの話をはじめるところからして、どうやらふたりはアルビレックス新潟のファンで、店に来るのは毎回、試合帰りらしい。

ハルカはカウンターの客とおしゃべりをするのが好きだけれど、相手がカップルの場合はできるだけ邪魔をしないように静かにしている。それにサッカーのことなど何も知らないから、そのふたりが来店したときは黙ってお酒やつまみを用意するだけだ。

九月半ばの日曜日の夕方、珍しく、というかはじめて、男がひとりで店にやってきた。開店直後で、まだ他に客はいなかった。

男はカウンターの隅に腰を下ろし、ハルカと目が合うと、

「ここでサッカーを見ても迷惑じゃないですか」と言った。

「どうぞ、ごゆっくり」

ハルカがそう答えると、彼は営業マンが持ち歩くような黒のブリーフケースからタブレットを取り出し、ケースを折りたたんでスタンドにして、カウンターの上に設置した。絞った音量で実況が流れてくる。

「アルビですか？」

「ええ」

「今年、調子いいらしいですね」

「ですね」

「いつものにしますか？」

ハルカがメニューを差し出すと、男は少しためらってから、

「いや、生ビールで」と答えた。

これまで、ふたりはいつ来ても必ずオレンジブロッサムを注文した。理由は聞くまでもなく、オレンジがアルビのチームカラーだからだろう。

試合に勝てば満足そうにそれを飲み、負ければ悔しそうにそれを飲み、そして必ずその一杯ずつだけで店を出る。どこかでまた飲み直すというより、それからどちらかの部屋もしくはホテルに直行する、そんな雰囲気だった。

サーバーで丁寧に注いだ生ビールをハルカがカウンターに置くと、

「この店ってサポーターがよく来るんですか？」

男は訊ねた。

「いえ、そういう方は来られないですね。お客さんくらいですよ」

「あ、そうなんだ。ビルの壁にポスター貼ってあったけど」

「あれはここのビルのオーナーが貼ってるんです」

「なんだ。騙されたな」

あははと笑う男の表情は、なんだか少しさびしそうだ。

「待ち合わせですか？」

ハルカは訊いてみた。もしこれから彼女がやってきて店で一緒に試合を見るつもりなら、奥にあるソファ席を勧めようと思ったのだ。

でも男は首を横に振った。

「いえ、今日は僕ひとりです」

そしてハルカが厨房に戻りかけると、あの、と声をかけてきた。

「あの、いつも僕と一緒に来ていた女の人っておぼえてます？」

「ええ、背の高い、きれいな方ですよね」

「あの人、このお店に来ることありますか？」

「いえ、おひとりでは一度も」

「誰か別の人と、も？」

「ええ、なかったと思います」

「そうですか」

てっきりカップルだと思っていたが、そうではないのかもしれない。

「失礼ですけど、お客さん、新潟の方ですか？」

「いや、僕ね、普段は関西に住んでるんですよ。関西といっても滋賀ですけど。彼女は新潟の人なんだけど、あっちで大学が同じで。大学院まで一緒だったんです。一年のときにフットサルのサークルで知り合って――」

「お付き合いを?」

男はこくりと頷いた。

「あいつとは大学を出るまで六年間、一緒に暮らしたんです」

そしてビールにちびちび口をつけながら、身の上話をはじめた。

ずっと仲のいいカップルだったという。大学院を修了してから男は地元で就職し、女は生まれ故郷に帰った。離ればなれになってしまったが、それでも付き合いは続けた。男は年に数回、彼女に会うために新潟に通い、彼女の好きなアルビを一緒に応援した。それが四年続いた。

「遠距離恋愛って、意外と続くもんなんですね」

ハルカが言うと、男は、ふん、と鼻を鳴らす。

「今も恋愛だと思っているのは僕だけですよ。彼女にとっては、なんだろう、腐れ縁みたいなものかな」

そして着ているビジネスシャツの袖をつまみ、これ、実はみんな嘘なんです、と続けた。

「僕の会社、本社は大阪なんだけど、新潟にも北信越支社っていうのがありまして。毎回出張のたびに『また新潟行くから一緒にアルビを見よう』って彼女を誘っているわけです。でもね、出張なんて嘘なんですよ。彼女に会うための口実なんです。僕、今、経理の部署にいるんで。ただ休みの日にこっちに来ているだけなんですよ」

「それ、つらくないですか?」

「つらいですよ。飛行機代もホテル代もばかにならないし。何やってんだって自分で思いますよ」

「今日はビッグスワンは行かれないんですか?」

「先月の徳島戦、彼女と一緒に行きました。そしたらそこで言われたんです。もう会えない、って」

男はひとつ大きなため息を吐き、ビールのグラスを空にした。

「彼女、結婚するらしいです」

「……」

「たぶん今夜もビッグスワンにいますよ。その相手の男と一緒に。そいつ、アルビのサポーターらしいから」

話しながら、男はじっとタブレットを見つめている。でも彼が見ているのは試合ではない。スタンドのどこかにたたずむ男女の姿だ。豆粒よりも小さな、拡大してもドットでつぶれてしまう、その場所に行かない限りは目で確かめることのできないものを必死に探している。

「今日はね、あいつの結婚相手をこの目で見てやろうと思って、それで新潟に来たんですよ」

「そうだったんですか」

「って、僕、ストーカーみたいでやばいっすね」

「まあ、人間生きていれば誰でも一度くらいはそんなふうになりますよ」

「でもね、シャトルバス降りたらひるんじゃって。で、ここに来ました」

「いらっしゃいませ」

「あはは」

ハルカは店をはじめてから、男女の別れ話や痴話喧嘩を何度もこの場所で見てきた。よく恋愛相談も持ちかけられる。でもカウンターの内側から解決できることなんて何もない。できるのは、美味しいお酒を出して、ときどき慰めの言葉をかけることくらいだ。

「六年付き合って、四年しがみついて、本当に僕はこの十年、いったい何をやっていたんですかね」

「好きだったんなら、しかたないですよ」

「でも最後にします。ここに来るのも、サッカー見るのも」

「来年、アルビはJ1かもしれませんよ」

「どうでもいいですよ、そんなの。僕ね、アルビのJ1昇格が決まる場面をずっと想像していたんです、この四年間。その試合を絶対に彼女と一緒に見て、彼女と一緒に喜ぼうって思っていたんです。たぶん、あいつ最高に幸せな顔をすると思うんですよ。その笑顔をね、見たくて見たくて。昇格が決まる瞬間に彼女のそばにいたくてたまらなくて。……だけど、彼女が喜びを分かち合いたい相手はもう、僕じゃないんです」

「……」

「新潟なんて、アルビなんて、ほんと、大嫌いですよ」

そのとき、タブレットのスピーカーから歓声が聞こえた。ハルカの位置からは見えないが、どうやらゴールが決まったらしい。歓声が上がるということは、アルビのゴールということである。

「アルビ、今夜は勝てますか?」

「勝つでしょう、悔しいけど」

「これ、よかったら」

ハルカは空いたビールのグラスを下げ、かわりにドライジンをオレンジジュースで割った華やかなカクテルを男の前に置いた。

「これは、これまでご来店いただいた私からのお礼です。もちろん無理に飲んでいただかなくて結構ですから」

「……」

「思い出はどうか、美しいままで」

「どうも」

愛する人とサッカーの話をしながら飲んだこのオレンジブロッサムこそ、彼にとっては、お米でも刺身でも枝豆でも日本酒でもない、新潟の味なのだ。

「あの……」

「はい」

「おねえさん、知ってます？ オレンジの花の、花言葉」

「ごめんなさい、私、そういうの不勉強で」

「純粋、愛らしさ、花嫁の喜び」

「……」

「おめでとう、って言うべきなんですよね、きっと。本当に愛しているなら」

彼はタブレットを閉じてバッグの中にしまうと、五千円札を財布から抜き取ってカウンターの上にのせた。

「でもね、いいチームだと思いますよ。僕も高校までサッカーしてたんで、それくらいはわかります。今年のアルビは、いいチームです」

そしてグラスに一度も口をつけないまま、立ち上がった。

「あ、お釣り」

「いえ、結構です。もしも彼女がこのお店に来ることがあったら、僕からとは言わずに、一杯、このお酒を彼女に飲ませてあげてください」

男は頬笑むと、オレンジの甘酸っぱい香りを残して店を出ていった。

報告

2022.10.8

HER DREAM CAME TRUE

The 40th section of the J. League Division 2
Albirex Niigata 3-0 Vegalta Sendai

秋の空気がだいぶ冷たくなってきた。それでもツイードのジャケットの背中に受ける午後の日差しは、まだかろうじてあたたかい。

紀彦は天気のよい日を選んで、西堀にあるこの菩提寺を訪れた。

境内の奥、隣家から伸びる柿の木の下に、先祖代々の墓がある。見上げると、きれいに実った柿のむこうは雲ひとつない青空だ。

紀彦は左右の花立てに花を挿し、墓に正対して静かに手を合わせた。来る途中の花屋で作らせたオレンジの花束は、紀彦が想像していた出来上がりよりうんと華やかで、墓花としてはいささか場違いな感じがする。

でもまあ、これでいい。

「見ましたよ。あなたに言われたとおりに、僕はちゃんと見届けましたよ」

紀彦は墓石に語りかけた。そして、食卓をはさんで妻と目が合ったときのように、うん、とひとつ頷いた。

紀彦の妻の咲子がくも膜下出血で倒れたのは三年前のことだ。

ある朝、咲子は急に、なんだか具合が悪い、頭が痛い、と言い出し、救急車を呼ぶよう紀彦に頼んでダイニングの床に崩れ落ちた。

救急車の中で一度意識を失いかけたものの、病院に到着したとき、ストレッチャーに横たわる彼女は目を開けていた。

「今日はいい天気ね」

まぶしそうな咲子の視線の先には、よく晴れた秋の空があった。

「お前、大丈夫なのか」

「頭がすごく痛いの」

「何も言うな、じっとしてろ。ここはもう病院だから安心だ」

そのとき、ふと思い出したように咲子は言った。

「アルビは?」

「わからん」

「見ておいて。私のかわりに見ておいて」

唇を震わせながら、そうつぶやいた。

「え、今、試合してるのか？　調べてやろうか？」

でも紀彦がスマホで検索しているあいだに、咲子はまた意識を失った。

そして二度と目を覚ますことはなかった。


「見ておいて」

という妻の最後の言葉が、彼女の死後、紀彦の胸に残った。

「私のかわりに見ておいて」

それが、その日の試合の話ではなく、いつかアルビのＪ１昇格を見届けてほしい、という意味だと紀彦が気づいたのは、四十九日を過ぎ、ようやく彼女の遺品整理をはじめてからのことだった。

ベッドのそばのサイドテーブルの引き出しに、分厚い五年日記の冊子がしまわれていた。ページをめくると、ところどころ短いメモが記されていて、読んでみるとそれはすべて、アルビの試合の感想を走り書きしたものだった。

《十六位でシーズン終了。これでは昇格なんて夢のまた夢》

《今年はアルベルト監督に期待。どこまでやってくれるだろう》
《至恩のスーパーゴールで快勝。至恩はいつまでアルビにいてくれるのか》
《また終了間際に失点。何度同じミスを繰り返すのだろう》
《この日記が一冊終わる前に、昇格できるだろうか》
日記は、アルビがJ2に降格した二〇一八年からはじまっていた。

子育てが終わり、子どもたちが成人して家を出て、夫婦ふたりだけの暮らしがはじまってから妻が夢中になったのは、海外旅行でも若いアイドルグループでも韓流ドラマでもなく、地元のサッカーチームだった。

「ねえ、本屋さんで無料のチケットもらったんだけど、行ってみない?」

それからというもの、オレンジのシャツを着て、マフラーを首に巻いて、ビッグスワンでアルビを応援するのが彼女の老後の生きがいになった。

「あなたもたまには一緒に行きましょうよ」

数えきれないほど誘われたが、紀彦は断り続けた。興味がなかったし、だいたいサッカーなんて見に行けるほどひまではなかった。週末はたまっている仕事を片付けるか、さもなくば家でゆっくりと身体を休めたかった。

紀彦は自分が仕事中毒であることを自覚している。若いときから、仕事に追われて忙しくしているのが好きだった。

ただ、仕事は楽しいばかりではない。四十を過ぎてそれまで勤めていた会社を辞め、銀行から金を借りて起業し、いっぱしの経営者になってからは、目の前の数字や人間関係、社内外のどこかで常に待ち構えているトラブルに振り回されるばかりの毎日だった。

食卓で妻がしゃべるアルビの話などどうでもよく、右から左へと聞き流した。

「あなたね、あんまり働き過ぎると病気になっちゃうわよ」

健康のことについていくら注意されても、いつもそうしていたように。

紀彦は、自分のことを芯の強い人間だと思っていた。

ビジネスマンとしての自分に自信があった。自分ひとりで何でもできると信じていた。これまで孤独を怖れたことなどなかった。

でも思いのほか自分が弱い人間であったことを、妻を亡くして気づかされた。

一緒に暮らしていたときは空気のようにしか感じていなかったのに、彼女を失った途端、皮肉なことにまさにその空気を失ったように、紀彦は生きることを息苦しく感じはじめたのだ。

失ってはじめて愛に気づくだなんて――まるで青春時代に聴いていたフォークソングの安っぽい歌詞のようではないか――そんなことを思いながら深酒をする夜もあった。

思い詰めて、自分も妻のいるところへ、と考えたこともあった。でも、彼女の最後の言葉がいつも紀彦を思いとどまらせた。

「私のかわりに見ておいて」

紀彦は、仕事の合間にときどきアルビの試合を見るようになった。

酒を飲みながら、妻に禁じられていた煙草を吸いながら、スナック菓子をぼりぼりとむさぼり食いながら、サッカーのことは何もわからなかったが、ぼんやりとただ試合を見た。

勝てば、勝ったよ、と、胸の内で妻に報告し、負ければ、また次があるさとひとりごちた。

そのうち紀彦は、妻が書き残した五年日記の空白に、自分なりの試合の感想を短く記すようになった。

アルビのJ1昇格が決まったその日、紀彦は出先のホテルにいた。債務整理のことで東京の弁護士と会う用事があり、どうしても都内にいなければならなかった。不況にコロナ禍も重なって、この数年の会社の経営状態は悪化の一途をたどっていた。借金は膨らみ、もはやそれを返せる見込みもない。会社は今年いっぱいで畳むことに決めた。それは仕事人間の紀彦にとって、人生を畳むのと同じことでもあった。

今年の夏、紀彦はずっとさぼっていた健康診断を受けた。再検査も受けた。検査結果を説明する医師の表情は険しく、電子カルテの所見の欄には腫瘍の発見箇所と、「がんの疑い」の文字がはっきりと入力されていた。仕事に追われながらこの数年ずっと感じていた身体の不調は、自覚症状のリストにどれもことごとく当てはまっていた。

アルビと仙台の大一番を、紀彦はそのホテルの部屋で見た。

いよいよJ1昇格が決定したとき、紀彦は本当は勝手に開閉してはいけない窓を強引に開け、都会の秋の風を感じながら、ビルとビルの隙間にかろうじて見える空に向かって話しかけた。

「よかったなあ。アルビ、昇格したよ。よかったなあ」

言葉にした途端、涙が頬を伝った。それは紀彦が咲子を見送ってからはじめて流す涙だった。

すると急に、彼女のいろんな表情が紀彦の脳裏に浮かんだ。

美味しいものを食べたときの幸せそうな顔、かなしい映画を見たときの泣き腫らした顔、ふたりで寄り添って眠るときの、心の底から安心した顔――もしかしたら彼女はまだ生きているのではないか、つい昨日も顔を合わせたのではなかったかと疑ってしまうくらい、それらはどれもリアリティがあった。

これで自分の仕事人生を終わりにしようと決めたとき、紀彦は、いよいよ自分が生きる理由は何もなくなった、と思った。あとはもう咲子に会いに行くだけだ、と。そして、それもやぶさかではなく、さしてためらわずに実行できるような気がした。

でもその日、都会の小さな空を見上げて紀彦は思った。

咲子に会いに行くとしても、もう少し、彼女と再会するのにふさわしい自分でいたい、と。彼女をかなしませたくはない、と。


紀彦は雲ひとつない青空の日を選んで、今日、墓参りにやってきた。

「見ましたよ。あなたに言われたとおりに、僕はちゃんと見届けましたよ」

語りかけてから、うん、と頷く。

彼女が亡くなってから今日までのアルビのことは、すべて、日記の残りのページに綴ってある。アルベルト監督の退団も松橋力蔵監督の就任も、本間至恩の移籍も高木善朗の怪我も、みんなすでに報告済みだ。

「俺さ、来年、J1に上がったアルビをビッグスワンで見てみようと思うんだ。昔のお前みたいにさ。そんで、残りの時間で、もう一度やり残したことをやってみようと思う。今までは仕事に振り回されるばかりの人生だったけど、本当に自分のやりたいこと、もう一度、見つけてみようと思う。アルビでさえ昇格に五年かかったんだ。俺ももう五年くらいは頑張ってみるよ。お前んとこ行くのに、何か土産話のひとつくらいないとつまんないだろ」

墓石は黙っている。いつでもおいでと言われているような気もするし、まだ来なくていいと言われているような気もする。

どちらでもいい。その答えは俺次第だ。

「なあ、J1だよ。よかったな」

あの日と同じように、胸にこみ上げてくるものがある。

「俺も嬉しいよ。咲子、俺、お前と一緒に喜びたかったよ」

そのとき柔らかな風が吹いた。

目の前の小さな花びらが、頬笑むように小刻みに揺れる。紀彦は唇をぎゅっと結んで、胸の中でそのオレンジ色の風を抱きしめた。

昇格イエーイ！

2022.10.8

CHEERS ! COME ON, TOGETHER !

The 40th section of the J. League Division 2
Albirex Niigata 3-0 Vegalta Sendai

長蛇の列に度肝を抜かれた。

Ｅゲート階段下からの入場列は県道下のトンネルをくぐり、さらにエコスタを一周して、西側の芝生広場まで続いていた。

「ええっ、まじで？」

そばを歩いていたサポーターのカップルが声を上げる。輝希もまったく同じように、まじで、と口を動かし、慌てて列の最後尾まで走った。

十月八日、仙台戦。自力でのＪ１昇格が決まる試合とあって、ビッグスワンはここ数年でいちばんの客入りだ。チケットが完売であることは知っていた。

でもまさか、これほどまでとは思っていなかった。

三十分以上をかけてようやくエコスタをぐるりと回ったところで、輝希はその周回にこれから向かう人たちの離れた列の中に、よく知る三人――翔琉と里奈と綾音――の姿を見つけた。

気づいてもらおうと手を振りかけ、でもすぐにその手を下ろす。ここで声をかけたら、三人はきっと並んでいる列を離れ、まるで輝希が場所取りをしていたみたいに平然と横入りをしてくるだろう。

苦々しい気持ちで彼らに背を向けると、ポケットの中のスマホが震えた。今まさに遠くの列でスマホをいじっている翔琉からのＬＩＮＥだった。

《テルキ、お前ビッグスワン来てる？ 今どこにいる？》

高校生のとき――つまりアルビがまだＪ１の舞台で戦っていた五シーズン前まで――輝希は翔琉たちと四人でよくビッグスワンに通った。

みんな帰宅部のひま人だったので、サッカーにたいして興味がない女の子たちも輝希が誘えば面白がってゴール裏でのアルビの応援に付き合ってくれた。

アルビのＪ２降格が決まったのは、高校三年の秋だった。

「うわー、ついにＪ２かー」

「大丈夫、すぐＪ１に戻るよ」

「来年もみんなでときどき試合見たいよね」

「よし、来年は昇格で盛り上がろうぜ!」

そんなふうに言い合って高校を卒業した。

でもその年の春、ホーム戦二分一敗の微妙な成績からスタートしたアルビの試合に、それから輝希がいくら誘っても、三人は付き合ってくれなくなった。

「だってさあ、J2だろ」

「相手、知らない選手ばっかだし」

「なんかイマイチなんだよね」

「その割にチケット高いし」

三人とも新しい友達と遊んだり、恋をしたり、バイトに精を出すほうが楽しいらしい。それからの四年半というもの、輝希はビッグスワンに通うときはいつもひとりきりだった。


くそ、あいつら昇格のかかる大事な試合にだけ来やがって。

なんとか試合開始前に入場できたものの、輝希の気分は晴れなかった。キックオフの笛を聞きながら胸の中で舌打ちをする。

あいつらとはできるだけ顔を合わせないようにしよう。ＬＩＮＥも電波状況が悪くて見られなかったことにしよう。そう決めた。

ところがハーフタイムのトイレで、輝希は翔琉とばったり会ってしまった。

「あ、いた！輝希！やっと見つけた」

「……あ、来てたんだ」

「お前、ＬＩＮＥ無視すんなよ。どこで見てんの？里奈も綾音もいて俺ら三人で見てんだよ。どうせお前のことだからとっくにチケット買ってるだろうと思って誘わなかったけどさ」

「Ｅの二層の指定だよ」

「俺らもＥ。自由席だけど。試合終わったら飲もうぜえ！」

翔琉はまだ洗っていない手で輝希の肩をむんずとつかみ、ご機嫌な声でそう言うと、返事も聞かずにさっさと人混みの中に紛れていった。

うっかり翔琉に会ってしまったせいで、輝希は後半、Ｊ１昇格のかかった肝心の試合に集中できなかった。

あいつ、俺の都合は聞かないのかよ。ふざけんなよ、一緒に飲むとか勝手に決めんじゃねえよ。

もし試合が終わって一緒に飲みに行ったら、きっと調子のいい翔琉のことだ、「昇格イエーーイ！」なんてお祭り気分で盛り上がるつもりだろう。

確かにイエーイはイエーイなのだが、自分のイエーイとあいつらのイエーイは同じイエーイではない。このつらい四年半のことを思い返すと、ずっとアルビを応援し続けた自分が、「J2なんてつまんない」「イマイチなんだよね」とアルビに背を向けた彼らと一緒に楽しく酒を飲めるとは思えなかった。

たとえ祝杯をあげるにしても、これまでのJ2時代をしみじみ振り返りながらひとりで飲むほうが正しい気がした。

いや待て、そもそもまだ昇格が決まったわけじゃない。まずはこの試合に集中しなくては——輝希がそう思い直したとき、アルビが先制した。

「よしっ！」立ち上がり、ガッツポーズを作る。

決めたのは伊藤涼太郎。今シーズンから加入した、輝希のお気に入りの選手だ。

でも喜んだ刹那、また三人の顔が輝希の脳裏に浮かんだ。きっとあいつらは伊藤涼太郎のプレーを今日はじめて見たはずだ。

「あれ、誰？」

「知らない」

ゴールにはしゃいだあと、そんなふうに言い合っている可能性が高い。

やっぱり今夜はそんなやつらと飲みたくない。

伊藤涼太郎の二点目、そしてアディショナルタイムにアレクサンドレ・ゲデスのダメ押し点が決まって、ビッグスワンのスタンドはJ1昇格の瞬間を今か今かと待ちわびる祝祭ムードに包まれた。

でも試合終了の笛が吹かれたとき、輝希はまだその実感を持てずにいた。

嬉しいことは嬉しいのだが、その嬉しさがなぜか腹の中に落ちてこない。心の底から思いきり喜ぶことができない。

子どものときからずっとアルビを応援してきて、高校三年のときにJ2降格を経験した。悔しかった。チームの不甲斐なさに幻滅した。大学時代の四年間はその悔しさを引きずりながら、それでも以前と同じように応援し続けた。もう一度J1の舞台に戻ることを願った。そして社会人になった今、ようやくその願いが叶った。

なのに、「やった！」といくら胸の中で言葉にしても、何か物足りない。スタンドで周囲のサポーターと同じように喜びを爆発させることができない自分がもどかしかった。


試合後、翔琉の誘いを無視して帰ろうとしたら、

「勝手に帰るんじゃねーよ、ボケ」

ゲートの階段下で輝希は三人に待ち伏せされていた。

「お前、車じゃねーよな。じゃあちょっと付き合えよ」

そのまま駅前の居酒屋に連行される。店は開店時間ぴったりであらかじめ四人で予約が取られていた。

席に着くと、翔琉が誰の了解も得ずに、勝手に生ビールを四つ、大ジョッキでオーダーする。

「あと串焼き盛り合わせともつ煮込みとたこわさ、ポテトフライと生ハムシーザーサラダ。それから、ほっけ。とりあえず以上で」

隣に座った綾音が、「やっと昇格できたね」と輝希の肩に手をのせた。

「でも知らない選手ばっかりだった。ねえ、最初に点取ったあの人誰？」

正面の里奈がメニューを見ながら言い、翔琉が、

「つーか、また一年でＪ２に戻ったりしてな」

といやらしく口の端を歪ませる。

「……そういうこと言うなよ」

ジョッキが運ばれてきても、輝希の胸の中はまだもやもやしていた。

なんで俺はＪ１昇格のこんな素晴らしい日に、アルビを見捨てたこいつらと酒を飲まなきゃいけないんだ。一杯飲んだらさっさと家に帰ろう。そしてＤＡＺＮで試合を振り返りながら、ひとりでゆっくり祝杯をあげよう。

「ねえ、テルくん、どうしてそんな浮かない顔してんの」

「いや、別に」

「まあまあ、とりあえず飲もうぜ！」

翔琉がジョッキをつかんで勢いよく立ち上がる。

「Ｊ１昇格、イエーイ！」とか「アルビ最高！」とか叫ぶつもりだろう。耳をふさぎたかったが、しかたない、我慢して聞いてやろう。

でもそのとき翔琉の口から出てきたのは、予想外のひとことだった。

「テルキ、お前、頑張ったな」

え、と輝希は顔を上げる。すると翔琉が、里奈が、綾音が、なんだか照れくさそうな顔でじっと自分のことを見つめていた。

「え、俺？」

「おめでとう。本当に」

「俺ら、今日、ビッグスワンに行こうって三人で話してさ、本当はお前にも声かけて一緒に行きたかったんだけど、本気でアルビ応援してるお前に迷惑かなって思って、誘うのやめたんだよ」

「何だよそれ」

「いや、お前、頑張ったよ。本当によかったよな」

「テルキのこともアルビのことも、うちら、忘れてなんかないよ」

「今日はアルビを祝う会じゃなくて、テルくんを祝う会だよ」

「だから今夜だけは俺らに付き合ってくれ、な」

その言葉に胸が詰まった。そして輝希はようやくわかった。昇格のホイッスルを聞いたときに感じたあの物足りなさは、実感のなさは、ただのさびしさだったのだと。

俺はお前らとは違う。アルビを祝う資格があるのは俺だけだ――そんなふうに強がっていた自分のことが、なんだか急に恥ずかしい。

アルビは誰のものでもない。誰がどんなふうに愛してもいい、あるいは愛さなくてもいい。そしていつだってまた、好きにも嫌いにもなれる。サッカークラブというのは、きっとそういう存在だ。

「うちら、今日、テルくんがそばにいなくてさびしかったよね」

「つーか、みんなテルキの喜ぶ顔が見たくて集まったんだよ」

「それ、まさにそれ」

「友達だろ、俺ら」

ふざけんなよ、と輝希は言い返したいのに、言葉をうまく口に出せない。口を開いたら、言葉よりも先に涙がこぼれてしまいそうだ。

「じゃあまあ、とりあえずＪ１昇格おめでとうっつーことで！」

翔琉が大声を上げ、

「乾杯！　アルビ最高！　昇格イエーイ！」

三人が勢いよくジョッキをぶつけた。

隣の席のアルビサポらしきおじさんたちも、イエーイ！　とのってきた。そのむこうのテーブルの四人組の女性たちも、親子連れも、カウンター席のカップルも、笑顔でグラスを掲げる。お店の人も拍手をしている。

しょうがない、言おう。ぐっと奥歯を噛みしめ、そっと目尻をぬぐってから、輝希もまた、イエーイ、と声を震わせた。

祝福のアウェイ旅

2022.10.15

MEET AGAIN

The 41st section of the J. League Division 2
Tokyo Verdy 1-0 Albirex Niigata

飛田給↑調布↑新宿↑東京↑新潟。

午後二時の味の素スタジアムのキックオフ時刻から逆算して、午前十時、新潟駅の自動券売機で新幹線の切符を買う。

乗車券に印字された「東京都区内」というのはいったいどこまでが「都区内」の範囲なのかしら。調布は調布市だから区内ではないのよね。じゃあ新宿まで？乗り越し分は精算機でいちいち精算しないといけないの？ううん、違う、新宿からはどうせ京王線に乗り換えるんだからＪＲの乗車券は新宿までなのよ。そうだわ。考えるまでもなかったわ。ばかみたい。

薄いブルーの切符を手に、歩きながらそんな無駄な考えごとをしているうち、私は最後の「ばかみたい」をついぽろっと口に出して言ってしまった。

すれ違った若い女の子がぎょっとして振り向く。

「あ、なんでもないの、ごめんなさい」

ひとり暮らしのせいだろうか、最近、ひとりごとが増えた。職場でも自分では気づかないつぶやきを指摘されることがあって恥ずかしい。

時計を見ると発車まで少し時間があったので、ベーカリーでお昼に食べるサンドイッチを選び、コンビニでペットボトルのお茶と甘いお菓子を買った。

小ぶりのスーツケースを引いて改札まで戻ると、その正面に「昇格」の大きな文字が見える。どうやらアルビの応援ボードのようなものが壁際に設置されているらしい。近づくとそこにはJ2の順位表もあった。シーズン最後の二試合を残し、アルビレックス新潟は堂々の首位である。

ちょうど一週間前の十月八日、アルビはホームで仙台に勝ち、J2降格から五シーズン目でのJ1復帰を決めた。

「お母さん、アルビ、今年昇格するよ」

東京の大学に通う娘の橙子から電話でそう言われたのは、ちょうどひと月前のことだった。

「あら、そうなの?」

「そうなの、って。え、ほんとに何も見てないんだ。こないだこっちでお父さんに会ったんだけど、お父さんなんてめっちゃ浮き足立ってたよ」

「なに、あの人まだアウェイの試合見に行ってんの?」

「いや、仕事で来たって言ってたけどね。焼肉おごってもらっちゃった」

「いいじゃない、どんどんたかりなさい」

「誕生日に新しいiPad買ってくれるって」

「あの人、よくそんなお金あるわね。私に黙ってこっそり隠し口座でも持ってたんじゃないの」

私と元夫が正式に離婚したのは、今年の春。私は川端町に手頃な中古マンションを見つけて、二十年以上暮らした小針台の家を出た。

財産分与でそれなりの現金を確保できたものの、ほとんどはマンションの購入費用に使ったので、これからは日々の生活費を自分で稼がないといけない。フルタイムで働ける仕事を知り合いに紹介してもらったのが夏のはじめ、そしてようやくその職場にも慣れてきたところだった。

「え、お母さんが最後にアルビ見たのいつ?」

「私は去年の秋に松本で見てから全然見てないわよ」

新しい人生をはじめるのに手一杯で、アルビのことを気にする余裕なんてなかった。

ひとりになったら、でも、生きることはそれまでよりうんと楽になった。夫の干渉、わがまま、不機嫌、不衛生、臭い、デリカシーのなさ、センスの悪さ、数え上げればきりがない、そういった夫にまつわる些細なストレスが、離婚によってすべて一気に解消された。女ひとりでは心細いかとはじめは心配もしていたが、杞憂だった。考えてみれば、ひとりで生きている女なんて世の中にはごまんといる。そもそもパートナーに先立たれれば人間は結局ひとりだ。そしてたいていの場合、先に死ぬのは男のほうなのである。

誰かがそばにいないとさびしいだなんて、家庭生活を維持することが女の務めだなんて、男に愛されることが女の幸せだなんて、若いときの私たちは、何か大がかりな集団催眠のようなものにかかっていたのではないかとすら思う。

ああ、ひとりで生きることがこんなにも快適なことだったとは！

電話口で娘に言うと、彼女は、ふうん、とつまらなそうに反応してから、

「ていうかね、アルビが昇格しそうなわけですよ」と話を元に戻した。

「だから何？」

「え、お父さんと約束したんじゃないの？」

「約束？」

「去年、松本で。昇格したら一緒に乾杯しようって」

「ああ、それ。別に約束したわけじゃないけど」

「お父さん、言ってたよ。お母さんから言い出したって」

「まあ、言ったのは事実よ」

「十月に味スタでヴェルディ戦があるのね。だから、もしもそれまでに昇格が決まってたら、東京まで見においでよ。それで三人で乾杯しようよ。もしかしたら昇格が決まる試合になるかもしれないし」

もう決定事項であるような口ぶりだった。

「ちょっと待って。あの人は何て言ってるの？」

「それでいいって言ってる。お母さんは？」

「まあ、一ヶ月も先の話だから土日なら予定はないけど……」

「じゃあ決まり」

「昇格しなかったらどうすんの?」

「そのときは来なくていいよ。でもチケットはいちおう買っとく。今回は私のおごりだから。よし、これで応援しがいが出てきた。めっちゃ応援しよう」

「あんた、アルビの応援なんかすんの?」

「実は今年ね、横浜と町田と千葉の試合、見に行っちゃった」

「ひとりで?」

「ひとりじゃないけど。まあいいじゃん、それは。よし、じゃお母さんも予定空けといてね、十月十五日だからね」

そして、アルビは先週、J1昇格を決めた。


今回の味の素スタジアムのチケット代は、電話で橙子が言ったとおり、彼女の財布から出ている。試合後の時間にあわせて新宿のどこかのレストランまで予約したらしい。それもアルバイトで貯めたお金でおごると言ってくれたけれど、さすがにそれは元夫に払わせよう。あの男もきっとそのつもりでいることだろう。

そういえば、ヴェルディとの試合を見るのははじめてかもしれない。結婚して橙子がお腹にできるまで、当時まだＪ２だったアルビの試合をホームもアウェイもたくさん見に行った。でもそのときのヴェルディは東京ヴェルディではなくヴェルディ川崎で、Ｊ１のチームだった。

「ヴェルディ、昔は強かったのよねえ。カズとかラモスとか、柱谷とか」

電話でそう言うと、柱谷？　誰？　と切り返された。

娘は日本代表の闘将、柱谷哲二を知らない世代なのである。ドーハの悲劇のときまだ生まれていなかったのだから当たり前の反応かもしれない。でもそう言われて、私は自分が年をとったことをしみじみと感じた。

離婚をしてから、娘はしょっちゅう電話やＬＩＮＥをくれる。そして私の知らない元夫の近況を、聞いてもいないのにときどき詳しく報告してくれる。

「お父さんの会社、不景気で今年ボーナス減らされたらしいよ」

「お父さん最近脳トレにハマってるらしいよ」

「お父さんこないだようやく壊れてた和室のエアコン買い替えたんだけど、そしたら不良品だったんだって」

お父さん、お父さん、お父さん。

それとまったく逆の会話を、父親ともやっているのだろう。そうやって娘は、離ればなれになった家族がこれ以上バラバラにならないよう、彼女なりに努力している。迂闊なことはしゃべれないと思うと同時に、ごめんね、と素直に思う。

私は近頃、別れた夫婦のあいだを連絡船のように行き来する娘の声を聞きながら、やっぱり子はかすがいだ、と実感している。もしかしたら言葉の正確な意味は少し違うのかもしれないが、娘の口から元夫の話を聞かされるたび、私はだんだん、彼へのわだかまりや嫌悪感が薄まっていくのを感じるようになったのだ。

ひとり暮らしをはじめて、ときどき、ふとした瞬間に自分以外の人間の不在を強く感じるときがある。気持ちが弱くなっているとかさびしいとか、そういうわけではないのだけれど、あ、今私のそばには誰もいないんだ、と、あるとき、はたと気づくのだ。

突然の雨に降られたとき、満月を見上げたとき、季節の風を感じたとき、

——あら雨よ困ったわね——ねえ今夜の月まんまる——もう秋ね——

それを伝える相手がいない。そんなとき、元夫の顔が、まるでかけがえのないもののようにぽっと浮かんでしまう。オレンジ色の何かが目に入ると反射的に、彼とアルビを応援していたときのことを思い出してしまう。

いったいどういうことだろう。年齢を重ねて余計なものをそぎ落とせば人生はシンプルになると思っていたのに、むしろどんどん複雑になっていく。

トンネルの中で少しうとうとして高崎を過ぎたあたりでようやく目を覚まし、買ったまま手をつけずにいたサンドイッチを口に入れた。

大宮を出たところで、スマホとポーチだけを持って席を立つ。元夫に会うからというわけではないが、用を足すついでに洗面所の鏡でちゃんと化粧を直しておきたい。

トイレは進行方向と反対の、車両の後ろ側にあった。空いているシートの背もたれに手をつきながら通路を歩いていくと、ドアのすぐ手前の席に、こちらを見ながらにやにやしている白髪まじりの男がいる。元夫だった。

「乗ってたの?」

「俺は気づいてたよ」

「だったら声かけてくれりゃいいじゃない」

「いや、味スタで再会するほうがいいかと思ってさ」

「どこで会っても一緒でしょうよ」

彼が隣の空いているシートをぽんぽんと叩くのでしかたなく腰を下ろすと、

「これさ、見つけたんだよ」

そう言って彼は足元のリュックから、オレンジと青の布製のものをごそごそと取り出した。それは懐かしい、昔のアルビのユニフォームだった。

「橙子が生まれる前の、二〇〇〇年のシーズンのだよ」

「どこにあったの、そんなの」

「押し入れの奥を整理したら出てきた。ほら、俺のと、お前の。お前のなんてここに選手のサイン入ってんだよ」

「誰のサインよ、これ」

「わからん」

「え、何? 今日、私にこれを着ろって?」

「橙子に聞いたら、あいつが買ったの指定席じゃなくてゴール裏らしいんだ」

「まさかヴェルディ側じゃないわよね」

「そこは確認した。アウェイ側だったから安心しろ。だから、ゴール裏ならこういうの着たほうが盛り上がるかと思って。まあ無理にとは言わないが」

渡されたユニフォームの手触りが懐かしい。胸の亀田製菓のロゴのプリントがひび割れて半分剥がれ落ちている。

考えておくわ、と言って、私は元夫の手にそれを戻した。

「そういや橙子が言ってたよ。お前、もうアルビ見てないんだって？」

「忙しくてそれどころじゃないのよ」

「仕事してるんだってな」

「夏美さんっておぼえてる？ ほら、アルビのサポーターだった」

「ああ、夏美さん。こないだも旦那さんとビッグスワンにいたよ」

「あの人に紹介してもらったのよ」

「そうか」

「ねえ、聞いた？ 橙子、あっちでアルビの試合見に行ってるんだって」

「あれだろ、彼氏とだろ」

「そう。でもその人とは別れたっぽいの。なんかフラれたみたい」

「え、そうなのか。それは知らなかった。お前には言ったのか」

「なんかそんな感じの話し方だった」

去年のクリスマスあたりから付き合っていた恋人と、橙子は夏が来る前に別れた様子だった。直接はっきり聞いたわけではないけれど、話しぶりからそれはわかる。母親の勘というやつだ。

人と人が別れる。人が人を拒絶する。そういうことを人生ではじめて経験して、あの子なりに思うところがあったのだろう。それまでは会うたびに両親の離婚を嘆いていたのに、娘は急に何も言わなくなった。少し大人になったようでもあり、大人になることがいいこととは限らないと、ようやく気づいたようでもある。

「で、アルビは今年、強いの？」

「選手層がものすごく厚い。ターンオーバーもできてる。去年までは高木善朗しかいなかっただろ、でも今年は伊藤涼太郎っていうテクニックのある新しいトップ下が入って、バリエーションが増えた」

「本間至恩は点取ってる?」

「移籍したよ」

「え、そうなの? どこに?」

「ベルギー。そんなのも知らなかったのか」

「知らないわよそんなの。ニュースでやってた?」

「ニュースにも出てたし、新聞にも出てた。アルビに興味ないやつでも知ってるぞ、新潟県民ならそのくらい」

「いつか代表に入ったりするのかしら」

「入ってほしいよな」

夫婦だったときは隣に座っていてもしゃべることなんてたいしてなかったのに、今はすらすらと口から言葉が出てくるのが不思議だ。

「ところで昼間っから飲んでるの?」

元夫の座席の前のテーブルには、駅の売店で買ったのだろう缶ビールと食べかけのかまぼこ、鮭の酒びたしがある。

「こんなの好きだったっけ?」

「前から食べてたよ」

「そう？ でも飲み過ぎないでよ、恥ずかしいから」

「別れた妻としらふでサッカー観戦なんてできないだろ、普通」

元夫は笑った。この人もまた、何か憑きものが落ちたようなすっきりした顔をしている。やっぱり私たちは離婚してよかったのだ。きっと。

「もう一本あるよ。お前も飲むか？」

「私はやめとく。お祝いの乾杯までとっておく」

「そうか。うん、それがいいな」

「あ、あなた、さすがに食事代は払いなさいよ」

「わかってるよ」

話をしているうちに、いつのまにか新幹線は地下に入っていた。スピードを落としてゆっくり上野駅のホームに滑りこむ。

そのとき私のスマホが短く鳴り、ほぼ同時に元夫のスマホも鳴った。

ＬＩＮＥ。橙子からだった。

《もう東京着いていますか？ ちゃんと味スタ来れる？》

どちらも同じ文面である。

「やっぱり行かない、ってふたりで一緒に送ってみるか」

「そういう意地悪やめなさいよ。あの子泣くわよ」

「橙子には悪いことしたよな」

「大丈夫、わかってるわよ、あの子は」

「うん」

どうせこの男とは、これからもまた何度もこうやって顔を合わせるのだろう。橙子が結婚したら、橙子に子どもが生まれたら。愛娘の人生が祝福されるたび、私たちはその喜びを分かちあうのだ。それぞれに違う道を歩いても、私も元夫も、娘の幸せを願うことだけはいつまでも変わらない。

きっと、いつか、アルビがJ1で優勝するときも。

「じゃあ、あとでね」

私は立ち上がった。通路に出てドアの前で振り返り、軽く手を振る。

「味スタで会おう」

ぎこちなくそう言って、彼も缶ビールをつかんだ手を振り返した。

サムシングオレンジ、十年後

2022.10.23

SOMETHING ORANGE, TEN YEARS LATER

The 42nd section of the J. League Division 2
Albirex Niigata 2-1 FC Machida Zelvia

運命の出会い、みたいなものがもし本当にあるとしたら、私にとってのそれは大学二年のあのときだった。

私は子どもの頃、音楽教室に通ってピアノを習っていた。なかなか思うように上達せず、練習が嫌いになって中学に上がる前にやめてしまったけれど、音楽そのものは好きで、それからもときどき家の古いピアノや学校の音楽室のピアノで好きな曲をぽろぽろ弾いて遊んでいた。合唱コンクールでクラスの伴奏を担当したこともあった。

ただ、高校に入ってアルビの応援に目覚めてからはピアノに触ることはほとんどなくなった。友達に誘われてサッカー部のマネージャーになったのをきっかけに、部員の男の子たちとビッグスワンに試合を見に行くようになり、サッカーの面白さの虜になったのだ。その頃にはもう、私にとって音楽といえば好きなバンドを追いかけることで、勉強と部活とアルビと、あとお気に入りのバンドのライブが新潟に来るのを楽しみに待つことが、私の高校生活のほぼすべてだった。

地元の大学に進学し、二十歳の誕生日が近づいたあるとき、どうしてかは思い出せないけれど、私はふいにまたピアノを弾きたくなって、街に買い物に出かけたついでにふらりと楽器屋さんに立ち寄ったことがあった。

店頭には電子ピアノがけっこうな台数並んでいた。そうか、電子ピアノだったら音量を調節できるから部屋に置いてもうるさくないし、趣味でちょっと弾くのにいいかもしれない。二十歳になる記念に買ってみようかな、また音楽をやり直してみようかな、そんなことを考えながら売場をうろうろしていたら、若い男の店員から声をかけられた。それが運命の出会いだった。

「今はけっこう、本物のピアノに近いタッチのものもあるんですよ。よかったらためしに弾いてみませんか」

う、ちょっと怖い、と思ったのは、その人の頭がオレンジ色のモヒカンだったからだ。でもその尖った見た目に反して、表情は柔らかく、優しそうだった。好きなバンドのベースの人にちょっと似ていた。

その店員さんはおしゃべり好きのようで、最近ピアノをはじめて今はパッヘルベルのカノンを練習していること、チャイコフスキーが好きなこと、ショパンをよく聴くこと、でも本当はエレクトロ系の打ち込みのバンドをやりたいこと、そんなことをひとりで勝手にべらべらしゃべってから、

「気になるの、ありました？」

と話を電子ピアノの営業活動に戻した。

「あ、これ、見た目ですけど、なんかいいなと思いました。私、子どものときヤマハのピアノが家にあって」

私がそう答えると、彼は目の前の電子ピアノの電源を入れ、両手の指を広げて鍵盤の上にそっとのせた。練習中のカノンを聞かされるのかと思いきや、彼が弾きはじめたはパッヘルベルでもチャイコフスキーでもなく、エルヴィス・プレスリーのあの曲――Can't Help Falling In Love――だった。

あ、と思った瞬間、私の目の前に、ビッグスワンの景色がぱっと浮かんだ――サポーターの大合唱、タオルマフラーのあの手触り、鮮やかな緑の芝生、オレンジのユニフォームの選手たち――そして同時に、私はエルヴィスを弾く男の派手

なモヒカンの色の意味を理解した。

「あの、もしかしてそれって……」

「あ、わかります？」

「ビッグスワンでいつも聞いてます」

「俺もです。俺、音楽も好きなんですけど、それ以上にアルビが好きで」

「私もです！」

なんて安直なんだろう、安っぽいんだろうと自分でも思うけれど、そのとき、私はその曲のタイトルのとおり、いっぺんに恋に落ちてしまったのだ。

*

アルビのサポーターをやめてから、もう十年が経つ。

二〇一二年のひどく寒い冬の土曜日、アルビがＪ１最終節の札幌戦で奇跡の残留を果たしたその日に、私の夫は亡くなった。まだ二十六歳だった。その病気は若いほど進行が早く、治療がはじまってからあっというまのことだった。

夫はまわりの人たちから、でこぽん、と呼ばれていた。オレンジのモヒカンが丸っこい顔の上にのっかっている、その珍妙な見た目が果物のでこぽんに似ていたからで、私も知り合ってから彼のことをずっとでこぽんと呼んでいた。

楽器店のアルバイト店員だったでこぽんは、私と結婚するためにアルバイトを辞めて会社勤めをはじめ、入社してまだ一年も経っていなかった。私たちはその年の秋に結婚したばかりだった。

彼の死後、私はすぐに彼と暮らしたマンションの部屋を引き払い、新潟から離れた。そして卒業した大学とは別の関西にある大学の大学院に入り直し、院卒後はそこで大学職員として勤めた。両親を心配させないよう盆暮れには実家に帰ったけれど、それ以外はできるだけ新潟に近寄らないようにした。

私はアルビの応援をやめ、音楽を聴くこともやめた。ユニフォームもマフラーも、部屋にあったオレンジ色のグッズはすべてでこぽんの服と一緒にゴミの日に捨て、誰かにアルビの話題を振られても、よくわからないふりをした。サッカーなんて知らないです。興味ないです。そんな人間になることにした。電子ピアノ——結局、二十歳の記念ではなく、結婚の記念にでこぽんにプレゼントしてもらった——も引っ越しのときに処分した。

そうやって私は、でこぽんの記憶につながるあらゆるものを遮断した。避け続けた。そうせずにはいられなかった。

でも避け続けるというのはずっと意識し続けるということで、それはつまり、でこぽんをずっと思い続けるということでもあった。


去年、新潟に戻ってきたのは、ただの家庭の事情だ。

実家の父が心筋梗塞を起こして、ある日突然、死んでしまったのだ。

夫を失った私のことで、父がずっと心を痛めていたことは知っていた。ああ、なんて可哀想な娘だろう——でも私はいつか立ち直って、元気な姿を見せ、父を安心させてやるつもりだった。親孝行だってちゃんとするつもりだった。なのに、父は私に何もさせず、お別れの言葉ひとつ交わすことなく逝ってしまった。

だからせめて、母には親孝行をしたい。そう思って、私は長く続けていた大学職員の仕事を辞め、実家に帰ってきた。

今、私は実家で母とふたりで暮らしている。母と私は、夫に先立たれた者として、同じ境遇のふたりでもある。

「私はもういいけど、あんたはそれじゃだめよ」

母は私によく言う。いい人を見つけて、早く家族を作りなさい、と。

「そんなかんたんに作れるものじゃないよ。私もう三十過ぎてるし」

「今の三十歳なんて私たちの頃の三十歳とはわけが違うじゃない」

婚活をしきりにすすめてくる母に、私は反発している。相手を見つける意欲がないだけで、反発する理由など考えてみれば別に何もないのだが、反発することしか私には思いつかないのだ。

父のお葬式のとき、数年ぶりに新潟の親戚たちと顔を合わせた。

ひとまわり下のいとこのコータは、でこぽんのお葬式のときはまだ小学生で、私の肩にも届かないくらい小さかったのに、今は私が見上げなければいけないほど背が伸びてすっかり大人っぽくなっていた。もう二十歳。考えてみるとそれは私がでこぽんと出会ったときと同じ年齢なのだった。

「元気?」

「うん、元気にやってるよ。ゆりちゃんも元気だった?」

「まあまあ、ね。私、こっちに帰ってくることにしたから、またよろしく」

「そうなんだ。じゃあまたときどき会えるね」

「そうだね」

コータは一度、家の仏壇に線香を上げに来てくれた。

そのとき、財布からほんの数センチの長細いオレンジ色の布の切れ端を取り出した彼は、それを指でつまんでひらひらさせながら、

「ゆりちゃん、これ何かわかる?」

と言った。それがアルビのユニフォームから切り取られたものであることは、色と生地の光沢感に見覚えがあったのですぐにわかった。

でも、いやだからこそ、私は、「何それ、わからない」と答えた。

「そっか。だよね」

「それがどうしたの? 何なの?」

「いや、なんでもないよ」

コータはもう一度、そうだよね、と言ってその話を切り上げた。彼がどうしてそんなものを大事そうに財布にしまっているのか、私はわからなかった。

「俺、来年か再来年、アメリカに留学するつもりなんだ」

「え、そうなの？」

「せっかくゆりちゃんが帰ってきたのに、なんか行き違いになっちゃうけど。本当は高校出てすぐに行きたかったんだけど、ほら、このご時世で行けなくなっちゃって。で、今通ってる大学に申請を出したら、やっと行けることになって」

「そっか、よかったね。でもおじさんもおばさんも、さびしくなるね」

「まあ、高校んときから留学したいってずっと言っていたから、あの人たちは喜んでくれてるよ」

「気をつけてね」

「うん、でも俺にはお守りがあるから大丈夫」

「お守り？」

「いや、なんでもないよ」

＊

新潟に帰ってきて少ししてから、私は家から歩いて通える距離にある、港の近くの食品加工会社に仕事を見つけた。パートではなく正社員での採用で、大学で勉強したことを生かせるようにと商品開発の部門に配属してもらった。今は工場の中の研究室で朝から夕方まで働いている。

ただ、この仕事には、若い学生たちを相手にしていたときのような張り合いや刺激がまったくない。商品開発といっても、結局はすでにある商品をほんの少しマイナーチェンジするだけで、実際は新しいアイディアなど出しても面倒くさがられるだけだ。白衣を着て狭い部屋にこもり、データを取って分析し、レポートをまとめて定時に帰る、それだけの毎日である。

関西の賑やかなところで暮らしていた頃と比べて、新潟での生活はとても静かだ。工場のまわりは高い建物がないせいか、夕方、仕事を終えておもてに出ると空が無駄に広く感じられる。

家に帰っても、これといって特にやることがない。退屈しのぎにテレビを見て、お風呂に入って、ただ母の作ったご飯を食べるだけ。最近はその母との折り合いもあまりよくなく、私は仕事帰りにそのまま街に出て、遅くまでお酒を飲み、母が寝静まってから家に帰るようになった。

お酒を飲んでハイになると、自分がこれまでとは違う自分になれるような気がする。何かから解放されるような気がする。次第に飲む量が増え、私はだんだんアルコールの強いものばかりを注文するようになった。

あまりいい飲み方ではなかった。お金もかかった。でも生活に不自由はなかった。実家にいれば生活費なんてほとんどかからないし、家の預金通帳には父の残したお金がまだたっぷりあった。

私がオサムくんと知り合ったのは、古町の路地裏のカフェバーだった。

オサムくんは私よりふたつ年下で、私立高校の教師の仕事をしている。古町のアパートに住んでいて、実家も近くにあるらしい。

オサムくんと私は、お酒の飲み方がなんだか似ていた。何度かその店で顔を合わせるうちに仲良くなり、たまにふたりでご飯を食べに行ったり、映画のレイトショーを見に行ったりするようになった。

ふたりでいるとだいたい話をするのはオサムくんのほうで、私はいつも聞き役に回った。身の上話がはじまっても、でこぽんの話はしたくなかったから、できるだけ自分のことは口にせず、オサムくんの話を聞いた。

オサムくんは小学生のときに両親が離婚し、それから二十年近く、ずっと父親とふたりで生活をしてきたそうだ。本当はお父さんよりもお母さんのほうが好きだったのだけれど、三つ下の妹が母親について出て行くことになったので、オサムくんは子どもなりに家族のバランスを配慮して、父親と家に残ることを選んだのだそうだ。

五年前、そのお父さんが急に体調を崩した。オサムくんは非常勤で教壇に立ちながら、親の介護もしなければならなくなった。

「いやー、でも、父親とのふたり暮らしには限界ってものがあってさ」

私と知り合う半年ほど前、オサムくんはお父さんと大喧嘩をして実家を飛び出し、アパートを借りてひとり暮らしをはじめた。お互い腹の中にためこんでいたものが、そのとき一気に爆発してしまったのだそうだ。

でもオサムくんは、今も毎日、夕方までに仕事を終えて職場を出ると、スーパーで買い物をしてから実家に寄り、身体が不自由なお父さんのために夕飯を作っている。それをテーブルの上に置いて、風呂を沸かし、布団を整えてやってから、街に出て、こうして気分転換にバーでお酒を飲んだり、映画を見たりするのだ。

「で、お父さんとはまだ喧嘩してるの?」

「してるといえばしてるし、もう終わったといえば終わった、かな」

「お父さん、家にオサムくんがいなくてさびしいんじゃない?」

「そうかもね。でも、俺、案外今のバランスがいちばんいいと思うんだ。少しくらいさびしいほうが、相手のこと、お互いに思いやれるでしょ。人ってさ、心配して、心配かけて、それでなんぼってところがあると思うんだよね」

その言葉を聞いて、私は自分の気持ちが少し楽になるのを感じた。

父を亡くしたばかりの母を家に残し、こうやって夜の街に繰り出す自分のことを、私は自分なりにずっと責めていたのだ。母のために新潟に帰ってきたのに、いったい何をやっているんだろう、家に帰って一緒にご飯を食べることが親孝行なんじゃないかと、胸の奥で思っていたのだ。

「ねえ、よかったら俺ら、付き合わない?」

知り合って三ヶ月くらい経ったとき、私はオサムくんから言われた。お酒を飲みながらの冗談かと思いきや、彼の目はけっこう真剣だった。

「うーん、ちょっと待って」と私は首をひねった。

別に焦らすつもりも、恋の駆け引きをするつもりもなかった。彼がどんな人かはなんとなくわかっていたし、好きになれそうでもあった。ただ私は、自分の気持ちがよくわからなかった。でこぽんと暮らした町で、でこぽんじゃない人を、でこぽん以上に好きになれる気がしなかった。

「ごめん、今、ちゃんと返事できないかも」

「いいよ、待ってるから。その気になったら返事して。急がないよ」

「うん。でもオサムくんも待ってるあいだに気持ちが変わったら、そう言って」

「俺はたぶん変わらないよ。ゆりさんのこと好きになったから。俺、一度誰かを好きになったらずっと好きでいるタイプだから」

*

今年、アルビの調子がいいのは知っていた。ローカルニュースを見ていれば試合結果は自然と耳に入ってくるし、新潟に暮らしていればアルビの情報には触れたくなくてもどこかで必ず触れる。でもオサムくんはサッカーの話をしないし、彼の口からサッカーファンだと聞いたこともない。だからうっかり油断していた。

九月の下旬のある日、私はオサムくんからビッグスワンに誘われた。

「あのさ、ゆりさん、今週末ひま？ アルビ見に行かない？」

「えっ」

「日曜の試合、サッカー部の顧問の先生からもらったチケットが二枚あって」

「オサムくんってサッカー見る人だったの？」

「こう見えて俺、実は高校までサッカー部で。今もけっこうヨーロッパの試合とか見てるよ。アルビけっこう調子いいし、自由席だけど一緒にどう？」

「うーん、サッカーかあ」

私はまたビッグスワンに行くのか。それを想像して胸が苦しくなった。

結局、私はその誘いを断った。サッカーなんて知らない、アルビなんて興味ない、そんなふりをして。

試合の日の午後、私は母とテレビを見ながら家でごろごろしていた。もしかしたら中継があったのかもしれないけれど、私はあえて番組表を調べず、ずいぶん前に録画したままだった旅行番組をぼうっと眺めていた。

「そういえば、コータ、アメリカ行くのようやく決まったってさ」

画面にカリフォルニアのビーチの映像が流れたとき、母が思い出したように言った。つい最近、コータの母親から電話で聞いたという。

「そうなんだ」

「でもけっこう急でね、再来月にもう出発だって」

「へえ。英語とか大丈夫なのかな」

「あの子の英語の点数すごいのよ。ト、ト、ト……」

「TOEICのことね」

「そうそれ。あの子、うちの家系では抜群に頭がいいからね」

「子どものときうちに遊びに来るとさ、よくみんなで神経衰弱して、そうするとコータがだいたい勝ってたよね」

「そうそう。あの子はね、あんたが関西に行ってからもよくうちに遊びに来てくれたのよ。いつかあんたとアルビの試合を一緒に見に行きたいって、よく言ってたわ。それが夢なんだって」

「夢？　私と？」

「変な夢よね。そんなのかんたんに叶えられそうなのに」

「コータが言ってたの？」

「うん」

そのとき私は思い出した。完全に、思い出した。

結婚する前、でこぽんとふたりで、まだ小学生だったコータをビッグスワンに連れて行ったことがあった。でこぽんはそこでコータに子ども用のユニフォームを買ってあげた。それをコータは喜んで、大切に着てくれた。

ずっとオレンジ色の何かを身につけていれば、いつか幸運が訪れる、夢が叶う――花嫁が身につけるサムシングブルーと同じように――いつだったか、あの子はそんな話をしていた。そうだ、財布の中のオレンジ色の布の切れ端はきっと、あのときの――サムシングオレンジだ。

それから二週間後の金曜の夜、私はオサムくんの部屋にはじめて行った。前祝いをしようとオサムくんからいつものバーに呼び出され、ふたりでシャンパンとワインを一本ずつ開けたらひどく酔っ払って家に帰るのが面倒になり、彼の部屋に泊めてもらうことにしたのだ。

ちなみに前祝いというのは、アルビのＪ１昇格の前祝いのことだ。週末の仙台との試合に勝つと、アルビはいよいよ念願のＪ１復帰を決める。

「仙台戦、本当は行きたかったんだけどさ、チケットが取れなかったんだよ。全部ソールドアウト。あんなの久しぶりに見たよ」

夜遅く、オサムくんの部屋で飲み直していると、彼は悔しそうに言った。その口ぶりから、本当はかなりアルビが好きらしいことがわかった。

「しょうがないからテレビで見るけど、次の次の試合、今シーズンの最終戦の町田戦がまたビッグスワンであるのね。そのチケットが明日発売なんだよ」

「ふうん」

「だからさ、その試合、ゆりさんも一緒に行かない？」

「え、私も?」

「一度ビッグスワンに連れて行きたい」

「だから私、サッカー興味ないって」

何度断っても、どうしてもと彼はしつこかった。

「うーん……」

私は少し考えてから覚悟を決め、かつて自分が熱心なアルビのサポーターだったことを白状することにした。

「あのね、オサムくん、実は――」

シャンパンとワインの酔いはもうすっかり醒めていた。

「私、高校のときサッカー部のマネージャーをやっててね」

「え、まじで?」

「うん。それで部員の子たちとアルビ見に行って、そしたらいつのまにか好きになって、それから大学出るまでずっとサポーターやってて――」

でもアルビのことは話のとっかかりでしかなく、私が本当に彼に話したいのはでこぽんのことだった。

私にはでこぽんという人がいたこと、かつてその人と結婚していたこと、幸せだったこと、でもその人は亡くなってしまったこと、そして私の胸の中には今もまだその人がいること、そしてこれからも、その人はずっといること。

途中で口をはさまれたら嫌だなと思った。でもオサムくんは、うん、うん、と相づちをうちながら、最後までおとなしく私の話を聞いてくれた。

「だから、私のことを好きになってくれるのは嬉しいけど、私はオサムくんと同じ気持ちになれるかどうか、まだ自信がなくて」

「そういうことか」

「ごめんね。もっと早く、ちゃんと言っておけばよかった」

でも言えなかったのは、彼にもっと近づきたかったからだと、言いながら気づく。でこぽんの話をしたら、オサムくんの私を見る目はきっと変わるだろう。私はそれをずっと怖れていた。

「うーん、とりあえず、話してくれてありがとう」

オサムくんはそう言うと、私の手を優しく握った。そして、

「じゃあやっぱり行こうよ、アルビの最終戦」

と、私の目を真っ直ぐに見つめた。

「そんでさ、やった、J1にまた戻ったよ、ってその彼に報告しようよ。その人もアルビのことが好きだったんなら、きっと喜んでくれるよ。その人と一緒にJ1に行こうよ」

「……オサムくんはそれでもいいの?」

「だって俺、今のゆりさんを好きになったんだから。その人を思うゆりさんを、今、好きなんだから。誰にだって、心の中に大切な人はいるよ」

「……」


オサムくんが大きなあくびをしたので、そろそろ寝る? と私が言うと、オサムくんは立ち上がってリビングの隣の寝室に入り、ベッドの布団を整え、じゃあゆりさんはこっちの部屋で寝て、と私を招き入れた。

「え、オサムくんは?」

「俺はあっちのカーペットの上で寝るから大丈夫」

そして、おやすみ、と言って部屋を出てドアを閉めた。

もしもそういうことになるなら、まあ、そういうことになってもいいかな、と部屋に入った時点で思っていたので少し拍子抜けしたけれど、それならそれで、と、私はベッドに腰かけ、オサムくんが出してくれたパーカーに上だけ着替えた。頭からすっぽりかぶると洗剤の清潔な匂いがした。

「おやすみ」

ドアにむかって小さな声でそう言ってから、ごろりと横向きでベッドに寝る。見ると、正面に低い本棚があった。

教育に関する本、介護に関する本、それからサッカーの本がそれぞれまとめて何冊かあって、その横に、私もかつて読んでいた昔のアルビの雑誌のバックナンバーが並んでいる。棚の上には、学校の教え子からの寄せ書きだろう、治先生ありがとう、と書かれた色紙が何枚か飾ってあり、手前の写真立てには、オサムくんとその家族の色褪せた写真が飾られていた。

お父さん、お母さん、妹さん、そしてまだあどけない顔のオサム少年。どこかのテーマパークのアトラクションを背に、四人とも楽しそうに笑っている。

誰にだって、心の中に大切な人はいるよ——

オサムくんの言葉を思い出し、私はその写真から目が離せなくなった。そしてたくさんのことを思った。

オサムくんは、お母さんのことが大好きで、きっと今も大好きなんだろうな。妹さんはどんな子なのかな。オサムくんは今、お母さんと妹さんに会えているのかな。オサムくん、きっとさびしかっただろうな。つらかっただろうな。お母さんとずっと一緒にいたかっただろうな。お父さんと早くちゃんと仲直りできるといいな。離ればなれでも、家族がみんな元気でいてくれたらいいな。オサムくんの気持ちを、誰かがちゃんとわかってくれているといいな。

私が自分以外の誰かのことをそんなふうに思うのは、新潟に帰ってきてはじめてのことだった。会ったこともない家族なのに、写真をじっと見ているだけで涙がこぼれそうだった。

「ねえ、オサムくん」

ドアのむこうに声をかけた。でも返事はなかった。

私はベッドから起き上がり部屋を出ると、リビングの床に横になっているオサムくんのそばにしゃがんで、

「一緒に寝ようよ」

と言った。彼のさびしさをわかってあげられるのは、今、自分だけのような気がした。私がわかっていることを、オサムくんにわかってほしい。わかってもらうために私にできることは、抱きしめる以外になかった。

それにもし私がオサムくんのことを好きになっても、でこぽんが嫌な顔をするとは思えなかった。


「チケットの発売って何時から?」

朝、オサムくんが目を覚ますのを待って私は訊ねた。

「あのさ、チケット、三枚取ってもらってもいい?」

彼は寝起きの顔できょとんとしてから、怪訝そうに眉をひそめた。

「あ、いや、違う違う。誤解しないでね。前の夫の分も用意してほしいとか、そういうオカルトチックなことじゃないから。私のいとこも誘ってあげたいの」

「いとこ?」

「コータっていう、二十歳の大学生の男の子なんだけど、すごくいい子だから。

もうすぐ留学でアメリカに行っちゃうんだけど、その前に会いたくて、できたら一緒にビッグスワンに行きたくて――」

「うん、いいよ。一緒に行こう」

オサムくんは頷き、優勝したらセレモニーでシャーレとか掲げるんだよ、ゴール裏は声出しできるからチャントとかも聞けるよ、と嬉しそうに言った。そして台所に立ち、朝ご飯の用意をしながら鼻歌を歌い出した。

「あ、それ」

「これ、選手が入場するときの曲」

「うん、知ってる」

「原曲、何だっけ？」

「エルヴィスだよ。エルヴィス・プレスリー」

懐かしいピアノの音が聞こえてくる。サポーターの声が聞こえてくる。

ずっと封印していたあのメロディが、私の胸を締めつける。この世界が再び、あたたかなもので満ちていく。

番外編

サッカーさえあれば私たちは

2022.11.23

WE HAVE FOOTBALL

After season
2022 FIFA World Cup - Group E
Germany 1-2 Japan

二〇二二年十一月二十三日——

祝日の水曜の夕方、私と祐太郎は街のイタリアンバルで、ささやかなウェディングパーティを開いた。

「披露宴なんてしなくていいから、紅葉のきれいな時期に友達とか親戚とか集めて小さなパーティだけしようよ」

先月、私たちは近所の区役所で籍を入れた。

私が三十二歳で、彼は四つ下の二十八歳。お互いいわゆる適齢期ではあるものの、実はふたりとも結婚はこれが二度目の、再婚同士である。

「もうさ、ホテルの大広間とか金屏風とか、ドレスとか巨大なケーキとかそういう派手なことはやめて、気心の知れた人たちと美味しいものを食べて飲んで、楽しくやれればそれでいいよね」

「うん、俺もそれがいいと思うよ。チカ、どっかいい店知ってる？」

「こないだ行った駅の近くのあそこよくない？　ほら、イタリアンの」

「ああ、いいかも。そこにしよう」

そう言ってふたりで決めたパーティだった。

ゲストは総勢三十二名。互いの両親、家族、親戚、それぞれの友達と仕事仲間、そしてビッグスワンで知り合った共通の友人が数人。その店は一階と二階にフロアが分かれていて、ロフトっぽい雰囲気の二階をまるごと貸し切りで使わせてもらうことになった。ゲスト全員とちゃんと顔を合わせ、会話を楽しむのに、店の広さも人数もそれくらいが限度だよねとふたりでよく話し合った。

カジュアルなパーティなので礼服はＮＧ、できるだけ普段着で来てください、と案内メールに書き、スピーチも、①祐太郎の勤める会社の社長さんに乾杯の音頭をとってもらう、②ふたりを引き合わせてくれた共通の友人の小島さんからふたりのなれそめを紹介してもらう、③最後に祐太郎が感謝の言葉を伝える、の三回だけにした。堅苦しい新郎新婦のお披露目パーティではなく、自然で和気あいあいとした仲間内のパーティ、そんな雰囲気を目指すことにした。

一生の記憶に残る、いい思い出ができる、はずだった。

でも、そうはならなかった。

まず会場のバルに向かうタクシーの中で、祐太郎がずっと不機嫌だった。

彼は前の晩に考えたスピーチ原稿をなかなかおぼえられず、スマホに入力した文章をぶつぶつ読みながら苛立っていた。

「無理におぼえなくていいんじゃない？　ほら、そのときゲストに伝えたいことをそのときの祐太郎の気持ちで、そのましゃべったらいいんじゃないかな」

気持ちを楽にしてあげようと思って私がそう言うと、祐太郎は手のひらを私のほうに向け、「ごめん、ちょっと黙ってて」と眉間にしわを寄せた。会話がまったくできなくて、なんだかな、と私は唇をとがらせた。

会場入りしてゲストを迎えるときも、なんだかな、ということがあった。

その日はパーティが終わったあと、カタールで開催されているワールドカップの日本対ドイツの試合が午後十時からあり、私たちふたりがサッカーをこよなく愛していることを知る友人たちは、店にやってくるなり、

「今夜はワールドカップだね！　楽しみが続くね！」

口々に同じことを言って、忘れられない日になるね、と笑ってくれた。

「今年はアルビが昇格して、あんたたちが結婚して、しかもワールドカップまであって、ほんと、最高の秋だわ」

縁結びの恩人でもあるアルビのサポーター仲間の小島さんは、店の入口で顔を合わせるなりそう言って私をハグしてくれた。

「みんな小島さんのお陰です、本当にありがとうございます。私も祐ちゃんも、小島さんには感謝してもしきれないです」

「何言ってんのよ。こっちこそ今日は呼んでくれてありがとう」

今年五十歳を迎える小島さんはいつも明るくはつらつとしていて、世話焼きキャラなのに押しつけがましくなく、仲間のみんなから好かれている。五年前、長い婚活の末に彼女が結婚したときは、私も二次会に呼んでもらった。

「ちなみにうちら夫婦が結婚したのなんて降格の年だったからね。しかも披露宴の当日に降格決まったんだから。最悪だったわよ。でも、それでもまだなんとか続いてんだから、あんたらは絶対、大丈夫。しかも今夜、日本がドイツに勝ったりなんかしたら、もう最高じゃない？」

「それめっちゃ最高ですよー」

スピーチの原稿をおぼえてようやく機嫌を直した祐太郎も私の隣で、

「このパーティは八時半終了の予定ですから、十時のキックオフには皆さん、ちゃんとおうちに帰れますから安心してくださいねー」

なんてにこにこ笑っていた。

ところがそのとき、小島さんの背後を通りかかった、今年八十五歳になる私の大伯父がぼそっと言ったのだ。

「ドイツになんか勝てるわけねえだろが」

一瞬、場がさーっと白けた。小島さんがすかさず、

「ですよねえ、やっぱドイツは強いですもんね。結局最後はドイツが勝つ、みたいな格言もありますしねえ」

と笑って場の空気を元に戻してくれたからよかったものの、そのとき私は、小島さんのフォローを無視してトイレを探しはじめた大伯父の背中を思いきり蹴り飛ばしたい気分だった。

それでも、パーティはとりあえず予定通りに賑やかにはじまった。

祐太郎の会社の社長さんの音頭で乾杯し、テーブルに次々と料理が運ばれ、バイキングコーナーも盛況で、BGMのセンスもよく、とてもいい感じだった。

私と祐太郎はふたりでワインを持ってゲストのテーブルを回り、常に誰かとしゃべり、たくさん笑った。フロアに目を配れば、みんなが楽しそうで、初対面のゲスト同士がにこやかに挨拶を交わしたりもしていて、それは私が思い描いていた理想のパーティに近かった。

途中、小島さんがマイクの前に立ち、私と祐太郎のなれそめを紹介してくれた。

ふたりの出会いのきっかけは、ちょうど一年前のアルビのサポーター仲間の飲み会だった。最近、スワンで仲良くなった子がいるのよ、いい子なのよ、あんた会ってみない？と、小島さんはその飲み会に私と祐太郎を別々に誘い、引き合わせてくれた。私たちはお互いバツイチの独身で、ふたりともけっこう長いあいだ恋人がいなかった。

「だったらあんたたち、せめて連絡先くらい交換しなさいよ」

小島さんはそう言って、何かがはじまりそうな雰囲気を作ってくれたのだ。

「祐太郎くんからチカちゃんへのプロポーズは、『今年アルビが昇格したら結婚しよう！』だったそうです。私にとって今年はダブルでめでたい！　最高です！　でも祐太郎くん、チカちゃん、いいですか。もし来年、アルビがＪ２に降格しても、ふたりは絶対別れちゃダメですよ！」

小島さんはいつも場の盛り上げ役をすすんで引き受けてくれる、いい人だ。

「さて皆さん、私のつまらないスピーチはこのへんで終わりにしたいと思うのですが、ご存じの通り、今夜はワールドカップの日本戦です。私、２対１で日本が勝つような気がします！　日本がグループリーグを突破して念願のベスト８まで進んだら、もうダブルでめでたいどころか、トリプルでめでたい！　ドイツとスペインは確かに強いかもしれませんが、サッカーは何が起こるかわからない！　日本代表をぜひ応援しましょう！　イエーイ！」

ところがそのとき、またしても大伯父が水を差した。

「無理無理！　勝てるわけねえよ！」

大伯父の顔はワインで真っ赤になっていた。そばで祖母や他の親戚たちが慌てふためくのを楽しむかのように、

「ドイツとスペインと同じ組なんだぜ、無理に決まってんだろうがよ！」

と店じゅうに聞こえる大声で言い、かっかっかと意地悪く笑った。

小島さんのスピーチが終わってから、私はこみ上げる怒りを腹の奥にしまい、努めて冷静に席を立って、大伯父のいる親族のテーブルに向かった。

「おじさん、ちょっと飲み過ぎちゃった？」

「なんも、これくらい。酔ったりなんかしませんよう」

でもその呂律がすでに怪しい。この大伯父は三年前に連れあいを亡くし、今は田舎でひとり暮らしをしている。

子どもの頃、私は思ったことを何でもずばずば口にする大伯父の豪快なキャラクターが好きだった。でも大人になると、それはただの意固地で見栄っ張りで自己主張の激しい、空気を読めない変人にしか見えなくなった。

正直なところ、この大伯父をパーティに呼ぶのは少しためらった。でも祖母の兄弟の中でこの大伯父だけを呼ばないというわけにはいかなかった。

タイミング悪く、私を心配した祐太郎がワインのボトルを手にやってきた。

「おう、それこっち注いでくれや。美味いな、ここのワインは。どこのだ？ フランスか？ カリフォルニアか？」

「スペインのワインです」

「かっかっ、スペインだってよ。こりゃ面白え。スペインに何点取られて負けるんだろな、日本は」

「ねえ、もうやめといたほうがいいんじゃない？」

私が言い、祖母も、まわりの親戚たちも心配そうに頷いた。

祐太郎もその不穏な空気を察したようで、大伯父のグラスの上で傾けたボトルをさっと元に戻した。すると大伯父は機嫌を損ねたのか、これ見よがしな舌打ちをひとつして、言った。

「しかしお前ら、かなしい夫婦だよな」

一瞬、その場が凍りついた。誰もが聞こえなかったふりをした。私も祐太郎も、みんなが頭を働かせて別の話題を探した。でも畳みかけるように大伯父は言ったのだ。

「この新郎さんのご家族やご親戚の皆さんは知ってるんかい。おいおいお前、ちゃんと謝ったんかい」

私は怒りをぐっとこらえた。でも無理だった。

次の瞬間、私は大伯父につかみかかろうと一歩足を踏み出し、祐太郎に背後から腰に腕を回された。祐太郎の手からワインのボトルが落ちて、床でどんと鈍い音を立てた。母が慌てて私と大伯父の前に立ちふさがり、そばで父が、おい、やめないか、と、小さな、でも鋭い声で私を叱りつけた。祐太郎は腕に思いきり力をこめて私を大伯父から引き離すと、大伯父のほうを向いてひとこと、すみません、と謝り頭を下げた。

見ると、フロアにいる全員が心配そうにこちらを見ていた。みんなの視線に気づいた大伯父は、しょんべんしてくる、とふてくされた顔で立ち上がり、

「また、同じことになるんじゃねえのか」

と捨て台詞を吐いて、私の視界から逃げていった。

私は悔しくて悔しくて、言葉を発することができなかった。奥歯を思いきり噛みしめ、涙をこらえて笑顔をつくるので精一杯だった。

私は二十二歳のときに最初の結婚をした。

そして二十五歳のとき、先天的な免疫の問題で自分が妊娠しにくい身体であることを病院のお医者さんから聞かされた。

それから三年後に前の夫と離婚したのは、不妊が直接の原因だったというわけではない。でもいくつかある理由のひとつの、その発端であるのは確かだった。

祐太郎と出会い、彼からプロポーズを受けたとき、私はそれまで話していなかったそのことを、返事をする前に、まず彼に正確に伝えた。祐太郎はそれでも結婚したいと言ってくれた。嬉しかった。

でもそれは当人同士だけで決めていい問題ではないと思ったから、私は祐太郎に頼み、彼の両親の正直な気持ちも聞いてもらった。祐太郎には兄弟がいなかった。だから彼が私と結婚するということは、すなわち彼の家族の血脈が途絶える可能性が高いということでもあった。

私は自分の幸せのせいで誰かにかなしい思いをしてほしくなかった。自分だけの幸せを主張することは誰のことも幸せにはしないと、最初の結婚でいろんなことを経験して、傷ついて、学んだつもりだった。

祐太郎の両親は、それでも私のことを受け入れてくれた。

「今はね、それが女性のすべてではないのよ」

祐太郎のお母さんは、もうそういう時代じゃないの、と言い、ううん、時代なんて関係ないわ、と言い直してくれた。

「祐太郎を選んでくれてありがとう」とも言ってくれた。

でもどんなに理解を示してくれても、やっぱり本音を言えば祐太郎の両親は孫の顔を見たいだろう。この人じゃない人を選んでくれたらと、そんなふうに思ってしまうときだってあるだろう。

この結婚パーティでそういう視線を感じることがあるかもしれないと、私はそれなりに覚悟していた。受け入れる心構えもできていた。でもまさか自分の身内からあんなひどい言葉を投げつけられるとは思っていなかった。

戦争がはじまる前に山奥の小さな農村で生まれ、結婚とは女が子どもを生み育てて家を存続させるためにするものだという価値観の中でしか生きてこなかった大伯父には、私と祐太郎のような夫婦は、頭では理解できても、感情的に受け入れることなどできないのかもしれない。どうしてもひとこと言いたくなってしまうのかもしれない。

わかろうと思う。大伯父の気持ちを。大伯父のような人に怒ってもしょうがないことを。どうにもならない言い争いには、何も意味がないことを。

でも、私はやっぱり悔しかった。なにより私自身が、ずっとそれを引きずってきたのだから。それを負い目に感じてきたのだから。


せっかくおぼえたスピーチが、私と大伯父のいざこざのせいですべて頭からふっ飛んでしまったらしい。

パーティの最後にマイクの前に立った祐太郎は、青ざめた顔で三十秒近く無言で通してから、しどろもどろの声で、来場のお礼と感謝の言葉だけをなんとか口にして宴を締めくくった。

帰りのタクシーの中も、行きと同じようにまったく会話がなかった。

今度はしゃべりたくないのは私のほうだった。彼もまた、スピーチで恥をかいたことに落ちこんでほとんど話しかけてこなかった。

「気にすんなよ、あんなこと」

無言に耐えかねたのか、マンションに着く間際、祐太郎はひとことそう言った。

でも私は気にせずになんていられなかった。

それに私は彼に対しても少し腹を立てていた。あのとき、すみませんと謝るのではなく、彼には一緒になって大伯父に怒ってほしかった。

「チカが謝る必要なんて、何ひとつありません」

あの老害に向かって、きっぱりとそう言ってほしかった。私が彼に求めているのは、スピーチを上手にしゃべることなんかじゃなくて、そういうことなのに。


ゲストをもてなすことに気をとられてたいして料理を口に入れていなかったので、マンションに着いてから私たちはまず近所のコンビニに寄っておにぎりとお弁当を買い、それから部屋に帰った。

彼は、あー、疲れた、と言って自分の部屋にこもり、私も食卓でおにぎりをつまんでから、着替えもせず、しばらくダイニングの椅子に座ってぼんやりしていた。祖母と母から大伯父のことについての謝罪のメールが立て続けに入っていたけれど、とても返信を打ち返す気にはなれなかった。

いい思い出を作るはずだったのに、どうして今、私はこんな思いをしているんだろう。なんで試合に負けたボクサーみたいな気分なんだろう。

翌日はまた普段と同じように朝から会社に出勤しなければいけない。早くメイクを落として、お風呂に入って、髪を乾かしてさっさと寝なくちゃ。頭の中ではやらなきゃいけないことを段取っているのに、身体がまったく動かない。

「前の三人、前田、鎌田、久保だってよ」

そのとき、手に持ったスマホをいじりながら、寝間着のスウェットに着替えた祐太郎がリビングに戻ってきた。ソファに腰をおろして、リモコンでテレビを点ける。

「あ、ワールドカップ」

「そうだよ。え、忘れてたの?」

ワールドカップのグループリーグ初戦。日本対ドイツ。

日本は前半、優勝候補の一角であるドイツの圧倒的な力の前にほとんど何もできなかった。ドイツは大きく、強く、速く、どの局面でも常に優位を保っていた。

ピッチを映すカメラに近いサイドの攻防は、期待の久保建英が対峙するドイツのサイドバックからまったく相手にされず、何もさせてもらえなかった。そもそものフィジカルの違いに私は愕然とした。

ＰＫで先制点を奪われたとき、これは時間の問題だったな、と思った。

「ドイツ、やっぱ強いね」

「強いよ。前半、一点取られただけなら上出来と思わないと」

彼のその言い方はとてもかなしそうだった。

「後半、何点取られるんだろうね」

「どうだろう。ポイチさんの選手交代もちょっと期待できないし」

「だよね」

私は、でも、そう言いながら少しホッとしていた。

ようやく今日はじめて、祐太郎と同じ気持ちを共有できたような気がして、変な言い方だけれど、そのかなしさに、いい意味で力が抜けた。

「お茶でもいれよっか。祐ちゃんも飲む?」

「あ、うん、ありがと」

「煎茶がいい？　番茶がいい？」

「夜だから番茶でお願い」

「オッケー」

私はやっと椅子から立ち上がることができた。


キッチンに立ち、お湯を沸かし、ゆっくりと時間をかけてお茶をいれ、お茶請けのスナック菓子も用意してリビングに運び、ソファの祐太郎の隣に座ると、もうすでに後半がはじまっていた。

正直、どうせ負けるんだからこれ以上見てもしょうがない、という気もした。でもどんな負け試合でも、試合終了まで見届けるのがサポーターだ。

「途中で席を立つなんてだめよ。最後まで信じてあげなくちゃ」

その昔、小島さんに言われた言葉を思い出す。まだアルビがＪ１で戦っていた最後の頃だ。もうだめだ、もう今年で最後だ。そう思い続けて、絶望し続けて、でも案外、アルビは毎年降格圏の土俵際ぎりぎりで踏みとどまるのだった。

「お、スリーバックじゃない？」

「変えてきたんだ」

「動いたね」

後半開始と同時に、日本代表の森保監督は久保建英に代えてディフェンダーの冨安健洋を投入し、両サイドの長友佑都と酒井宏樹のポジションを一列前のウイングバックの位置に押し上げた。

すると、試合の内容を見ればやはりまだドイツが圧倒的に優勢だったが、それでも前半ほど、日本は踏みにじられる感じではなくなった。

浅野拓磨と三笘薫が投入されたとき、

「おお、ポイチさん、今日は攻めるね」

横で祐太郎が言った。でも浅野かあ。そう言って頭をかく。私も頷いた。浅野がドイツからゴールを奪うシーンは想像できなかった。

交代カードはさらに積極的に切られた。堂安律と南野拓実が一気に投入され、日本代表のフォーメーションはなんと両ウイングバックが三笘と伊東純也という、超攻撃的な布陣になった。それもドイツ相手に、だ。

「もう五人の枠使っちゃうの？ まだ十五分以上あるよ」

「なんかこれ、いつもと全然違うよね」

「下手したらボコボコにやられるかもよ」

「うん、わかる」

一か八かだと思った。この采配はギャンブルだ。

それでも攻撃の選手がピッチに増えたことで、前半とは違い、日本代表は明らかに前に人数をかけられるようになった。攻撃面でも守備面でもアグレッシブになった。

後半三十分、日本の左サイドから三笘がゴール前で仕掛けると、パスを受けた南野のシュート性のボールをドイツの守護神のノイアーが片手で弾いた。ボールはゴール前に転がる。そこに、交代で入ったばかりの堂安が待ち構えていた。

「おおっ、打てっ！」

祐太郎が腰を浮かす。私も自然と前のめりになった。

「うおおおお！」

堂安が吠えたとき、祐太郎も吠えていた。私もソファの上に飛び乗った。

「よっしゃあああ！」

「同点！」

「やばい、同点だよ！」

「ドイツと引き分けなら上々じゃん！」

「よし！あとは守りきれ！」

ところが展開はさらに思わぬほうへと転がる。なんとその八分後、日本はドイツのゴールに決勝点を突き刺したのだ。

「えっ、まじ⁉」

「しかも浅野じゃん！」

「これオフサイド大丈夫？ない？ない？」

「ないよ！うわーっ！」

まじか。まじか。身体がぶるっと震えた。鳥肌が立った。

ワールドカップでドイツを相手に、日本が逆転するなんて。

それから試合終了まで、私と祐太郎は祈るような気持ちで手をつなぎ、テレビの前でずっと固まっていた。このまま。お願い。このまま。

長いアディショナルタイムを経て試合終了の笛が吹かれると、私と祐太郎はお互いに顔を見合わせ、何も言わずに抱き合った。祐太郎が私の背中に腕を回し、ぐっと力をこめる。私もそれと同じ強さでぎゅっと力をこめた。

私はそうやって彼の身体にしがみついたまま、しばらくそこから離れることができなかった。自然と涙が出てきた。彼の匂いの染みついたスウェットに顔を埋めて目をつむり、テレビの実況の声を、カタールのスタジアムの歓声を、森保監督のインタビューを、そのあたたかな暗闇の中で聞いた。

「ポイチさん、ごめん。浅野も、ごめん」

祐太郎は私の頭のてっぺんを頬ですりすりしながら、きっと今テレビに映っているのであろう監督と選手に謝った。

「まじで見直しました。ありがとう」

私もまったく同じ気持ちだった。そして、ふと思った。

私たちはかなしい夫婦なんかじゃない。私たちにはサッカーがある。

何かが足りなかったとしても、それがあれば、もう十分じゃないか。

ねえ、祐ちゃん、私たちはこれでいいんだよね。

それを確かめるために顔を上げると、夫の目に光るものがあった。

私は、一緒にサッカーを見て、一緒に感動して、一緒に涙を流してくれる人とこうして出会えたのだ。それがどれだけ幸せなことか。素晴らしいことか。

また春がやってきたら、ふたりでいつものようにビッグスワンにアルビの試合を見に行こう。ときどきこうやって、テレビで日本代表の試合も見よう。四年に一度は、夜遅くまでワールドカップで盛り上がろう。

それだけできっと、私たちはずっとつながっていられる。

きっと、大丈夫。

私は未来を信じて、もう一度、目の前の幸せにしがみついた。

第三巻　あとがき

さて、第三巻です。この巻は、アルビレックス新潟がJ2で優勝し、悲願のJ1昇格を果たした二〇二二年のシーズンが舞台です。サポーターズマガジン『ラランジャ・アズール』誌で連載したものに未発表の書き下ろしを加えた十三篇を時系列の並びで構成しています。

二〇二二年は僕にとって、とても思い入れのある一年でした。春、前作『サムシングオレンジ THE ORANGE TOWN STORIES』が「サッカー本大賞二〇二二」で優秀作品に選ばれ、読者賞までいただき（投票してくださった皆さま、本当にありがとうございました！）、もうその時点で個人的にJ1昇格を果たしちゃったくらいの気持ちだったのですが（笑）、秋にアルビがリアルにJ1昇格。そしてJ2優勝。さらにカタールW杯で日本代表がドイツとスペインを破り、その上さらに個人的なことを付け加えると、その年は小説とエッセイの新刊を二冊リリースした年でもありました。サッカーファンとして、物書きとして、忘れられない一年になりました。

さて、新しいシーズン、二〇二三年のＪ１のアルビ、大いに楽しみです。アルベルト監督（今の表記だとアルベル監督）、松橋力蔵監督によって築き上げられた今のサッカーのスタイルがどれだけトップリーグで通用するだろう、どんな試合を見られるだろうと、開幕が本当に待ち遠しいです。

ただ、期待に胸を膨らませるのと同時に、ちょっとだけさびしい気持ちもまた胸の内にあります。あんまりＪ１、Ｊ１と調子にのって喜びすぎると、Ｊ２時代のアルビが色褪せた冷たい記憶になってしまうのではないか。あまり振り返りたくない「下のカテゴリーで苦しんだ記憶」にすり替わってしまうのではないか。そんなさびしさです。

このシリーズの連載がはじまったのは、新型コロナウイルスの最初の騒動があった、二〇二〇年の春でした。依頼をいただき、手探りで原稿を書きはじめながら、ときどき小学生の息子と一緒にビッグスワンに通い、アルビの試合結果に一喜一憂しました。正直にいうと、アルビが以前Ｊ１だったとき、僕はこんなにアルビの試合をちゃんと見たことはありませんでした。二〇二〇シーズンからの三年間の「J2のアルビ」こそ、僕にとって最も愛着のある、思い入れのある、原点のアルビなのです。編集長の野本さんをはじめ素敵な出会いにも恵まれました。

二〇二二シーズンに話を戻すと、この年のアルビは強かった。選手層がすこぶる厚く、マネジメントも見事で、たくさんの選手が活躍しました。誰が出ても同じクオリティを維持できるチームなんて、海外でもなかなかお目にかかれません。主力選手が移籍や怪我で離脱してもチームの勢いは止まらず、シーズンを通して連敗は一度もありませんでした。最後はホームの三万人以上のサポーターの前で昇格決定。もちろん僕もそのときスタンドにいました。最高の一年でした。

そういえばシーズン序盤の六月に、高校の同級生とふたりでビッグスワンに秋田戦を見に行きました。彼はかつて一緒にフットサルをした仲間であり、大学時代は互いに東京暮らしだったこともあって、よく部屋を行き来した友達です。まだアルビがJ1未経験の頃、スタンドがガラガラの関東のアウェイ戦を一緒に見に行ったこともありました。日韓W杯で日本代表が初勝利を挙げたときも、僕の部屋でふたりでテレビ観戦していました。でも十数年前に東京と新潟で離れて暮らすようになってからは、めったに会うことがなく、連絡を取り合うことすらほとんどありませんでした。久しぶりにメールをもらって、新潟に来るタイミングがあるというので、じゃあせっかくだからビッグスワンに行こう、となったのです。顔を合わせるのは六年ぶり、一緒にスタジアムでサッカーを見るのは……おそらく二十年ぶりくらいでしょう。

スタンドで試合を見下ろしながらビールを飲み、ぽつぽつサッカーの話をして、目の前の選手のプレーをああだこうだ言い合って、試合後は駅前の居酒屋でお酒を飲んで、飲みながら十年以上話したくても話せなかったことをようやく話したりもして、感慨深い一日を過ごしました。

彼は今、海外で仕事をしています。次に会えるのはまた遠い先の話かもしれません。六月のその日を振り返るたびに、僕は、サッカーが人と人をつなぐというのはこういうことかも、と改めて思うのです。そしてそれはたぶん、僕がいちばん最初にこの『サムシングオレンジ』のシリーズを通して書きたいと思ったこと、そのものなのです。

前々作（第一巻）のあとがきに、こう書きました。

≪サッカーは、世界中のたくさんの人たちを夢中にさせるプロスポーツのひとつで、僕もそんなサッカーが好きな人間のひとりです。

ピッチの上はいつだってドラマチックで、選手のひとりひとりに物語がある。でもピッチの外、スタジアムの外にだって、それとは違う種類の、サッカーにまつわる人々の無数の物語が存在しています。サッカーが人と人をつなぎ、ときに幸せを、あるいは不幸せを、たくさんの思い出を運んでくる。

あの試合の日にこんなことがあった。あのシーズンはこうだった。あのゴールをあの人と一緒に見ていた。そんなふうに、サッカーの記憶が人生の思い出の一部分と重なることは、サッカーが好きな人にとって、いたって普通のことです。≫

僕にとってはそれをもう一度確かめることのできた、幸福な二〇二二年のシーズンでした。いい思い出は、やっぱりずっと大事にしたい、記憶の中に正確にとどめておきたい。そう思うのです。

本巻に収録の「祝福のアウェイ旅」は、第一巻「秘密のアウェイ旅」と第二巻「最後のアウェイ旅」の、同じく「サムシングオレンジ、十年後」は第一巻「サムシングオレンジ」の、それぞれのアナザーストーリー的な作品になっています。ぜひ、全巻通してお楽しみいただければ幸いです。ちなみに第一巻は第二巻・第三巻と少し時期をずらし、書き下ろしを加えて復刻新装リリースの予定です。（どうか手にとってやってください！切願！）

最後になりますが、本シリーズの発刊にあたり、「アルビレックス新潟」のクラブ関係者の皆様、所属選手の皆様、過去に在籍しチームの歴史を支えてきたたくさんの方々、そしてアルビを愛するサポーターの皆様に、この場をお借りして改めて敬意を表します。また、今回も作品づくりに力を貸してくださった『ラランジャ・アズール』編集長の野本桂子さんと、この書籍化のプロジェクトを並走してくれている新潟日報社の山田大史さんに、心からの感謝を申し上げます。

令和五年二月　藤田雅史

アルビレックス新潟
明治安田生命 J2 リーグ 2022
1 位　勝点 84（25 勝 9 分 8 敗）

サムシングオレンジ 3
初出一覧

決定力不足	『LARANJA AZUL』Vol.61（「決定力不足と片想い」改題）
願掛け	『LARANJA AZUL』Vol.62（「俺たちの願掛け」改題）
あの橋を渡るとき	『LARANJA AZUL』Vol.63
届けもの	『LARANJA AZUL』Vol.64
さよならの約束	『LARANJA AZUL』Vol.65
REASON	『LARANJA AZUL』Vol.66
来るべきその日	『LARANJA AZUL』Vol.67
最後のオレンジブロッサム	『LARANJA AZUL』Vol.68
報告	『LARANJA AZUL』Vol.69
昇格イエーイ！	『LARANJA AZUL』Vol.70
祝福のアウェイ旅	書き下ろし
サムシングオレンジ、十年後	書き下ろし
サッカーさえあれば私たちは	『フットボールとラブソング』#46

単行本化にあたり加筆修正をいたしました。

藤田雅史　ふじた・まさし

1980年新潟県生まれ。日本大学藝術学部映画学科卒。

著書に『ラストメッセージ』『サムシングオレンジ』『ちょっと本屋に行ってくる。』『グレーの空と虹の塔 小説 新潟美少女図鑑』。小説、エッセイ、戯曲、ラジオドラマなどを執筆。2022年、『サムシングオレンジ THE ORANGE TOWN STORIES』がサッカー本大賞2022優秀作品に選出され、読者賞を受賞。

Web：http://025stories.com

3
サムシングオレンジ

サムシングオレンジ COMPLETE EDITION 3：祝祭の2022

2023（令和5）年3月1日　初版第1刷発行

著者　藤田雅史

編集協力　野本桂子

発行人　小林真一

発行　株式会社新潟日報社 読者局 出版企画部
〒950-8535 新潟市中央区万代3丁目1番1号
TEL 025(385)7477　FAX 025(385)7446

発売　株式会社新潟日報メディアネット（出版部）
〒950-1125 新潟市西区流通3丁目1番1号
TEL 025(383)8020　FAX 025(383)8028

印刷製本　昭栄印刷株式会社

　ISBN978-4-86132-821-3